Perversās Māsas

Perversās Māsas

Aldivan Torres

aldivan teixeira torres

CONTENTS

1 | Perversās Māsas   1

1

Perversās Māsas

Aldivan Torres
Perversās　　　　　　　　　　　　　　Māsas

Iesūtījis *Aldivan Torres*
2020- Aldivan Torres
Visas tiesības aizsargātas

Šī grāmata, ieskaitot visas tās daļas, ir aizsargāta ar autortiesībām, un to nevar reproducēt bez autora atļaujas, pārdot tālāk vai nodot.

Aldivan Torres, Gaišreģis, ir literārs mākslinieks. Apsola ar saviem rakstiem iepriecināt sabiedrību un novest viņu pie prieka priekiem. Sekss ir viena no labākajām lietām, kas tur ir.

ALDIVAN TORRES

Centība un pateicība

Es veltu šo erotisko sēriju visiem seksa mīļotājiem un perversiem, piemēram, man. Es ceru attaisnot visu ārprātīgo prātu cerības. Es sāku šo darbu šeit ar pārliecību, ka Amelinha, Belinha un viņu draugi veidos vēsturi. Bez liekas piepūles, silts apskāviens maniem lasītājiem.

Prasmīga lasīšana un daudz jautrības.

Ar mīlestību, autors.

Prezentāciju

Amelinha un Belinha ir divas māsas, kas dzimušas un augušas Pernambuco iekšienē. Zemnieku tēvu meitas jau agri zināja, kā ar smaidu sejā stāties pretī lauku dzīves sīvajām grūtībām. Ar to viņi sasniedza savus personīgos iekarojumus. Pirmais ir valsts finanšu revidents, bet otrs, mazāk inteliģents, ir pašvaldības pamatizglītības skolotājs Arcoverde.

Lai gan profesionāli viņi ir laimīgi, abiem ir nopietna hroniska problēma attiecībās, jo nekad nav šķitis, ka viņu princis ir burvīgs, kas ir katras sievietes sapnis. Vecākā, Belinha, ieradās kādu laiku dzīvot kopā ar vīrieti. Tomēr tas tika nodots tam, kas radīja tās mazās sirds neatgriezeniskās traumas. Viņa bija spiesta šķirties un apsolīja sev nekad vairs neciest vīrieša dēļ. Amelinha, nelaimīga lieta, viņa pat nevar mūs saderināt. Kurš vēlas apprecēties ar Amelinha? Viņa ir nekaunīgs brūn matains cilvēks, izdilis, vidēja auguma, medus krāsas acis, vidēja dibena, krūtis kā arbūzs, krūtis, kas noteiktas aiz valdzinoša smaida. Neviens nezina, kāda ir viņas patiesā problēma, vai abi.

Saistībā ar viņu starp personu attiecībām viņi ir tuvu noslēpumu apmaiņai starp viņiem. Tā kā Belinha nodeva nelietis, Amelinha paņēma māsas sāpes un sāka spēlēties ar vīriešiem. Abi kļuva par dinamisku duetu, kas pazīstams kā "Perversās māsas". Neskatoties uz to, vīriešiem patīk būt viņu rotaļlietām. Tas ir tāpēc, ka nav nekā labāka par Belinha un Amelinha mīlēšanu pat uz brīdi. Vai mēs kopā iepazīsimies ar viņu stāstiem?

Perversās Māsas
Perversās Māsas
Centība un pateicība
Prezentāciju
Melnais cilvēks
Ugunsgrēks
Ārsta konsultācija
Privātstunda
Sacensību tests
Skolotāja atgriešanās
Mānijas klauns
Ekskursija pilsētā Pesqueira

Melnais cilvēks

Amelinha un Belinha, kā arī lieliski profesionāļi un mīļotāji ir skaistas un bagātas sievietes, kas integrētas sociālajos tīklos. Papildus pašam seksam viņi cenšas arī iegūt draugus.

Reiz vīrietis ienāca virtuālajā tērzēšanā. Viņa segvārds bija "Melnais cilvēks". Šajā brīdī viņa drīz drebēja, jo mīlēja melnādainus vīriešus. Leģenda vēsta, ka viņiem ir neapstrīdams šarms.

"Labdien, skaisti! " Jūs saucāt par svētīto melno cilvēku.

"Labdien, viss kārtībā? "Atbildēja intriģējošā Belinha.

"Viss lieliski. Lai laba nakts!

"Labvakar. Es mīlu melnādainus cilvēkus!

"Tas mani tagad ir dziļi aizkustinājis! Bet vai tam ir īpašs iemesls? Kāds ir jūsu vārds?

"Nu, iemesls ir mana māsa un man patīk vīrieši, ja jūs zināt, ko es domāju. Ciktāl tas attiecas uz nosaukumu, lai gan šī ir ļoti privāta vide, man nav ko slēpt. Mani sauc Belinha. Prieks jūs satikt.

"Prieks ir viss mans. Mani sauc Flavius, un es esmu patiesi jauks!

"Es jutu stingrību viņa vārdos. Jūs domājat, ka manai intuīcijai ir taisnība?

"Es tagad nevaru uz to atbildēt, jo tas izbeigtu visu noslēpumu. Kā sauc tavu māsu?

"Viņas vārds ir Amelinha.

"Amelinha! Skaists vārds! Vai jūs varat sevi fiziski raksturot?

"Esmu blondīne, gara auguma, stipra, gari mati, liels dibens, vidējas krūtis, un man ir skulpturāls ķermenis. Un jūs?

"Melna krāsa, vienu metru un astoņdesmit centimetrus augsta, spēcīga, plankumaina, rokas un kājas biezas, glīti, izspūruši mati un noteiktas sejas.

"Sakta! Tu mani ieslēdz!

"Neuztraucieties par to. Kas mani pazīst, nekad neaizmirst?

"Tu gribi mani tagad trakot?

"Atvainojiet par to, bērniņ! Tas ir tikai tāpēc, lai mūsu sarunai pievienotu nelielu šarmu.

"Cik tev gadu?

"Divdesmit pieci gadi un jūsu?

"Man ir trīsdesmit astoņi gadi, bet māsai trīsdesmit četri. Neskatoties uz vecuma starpību, mēs esam ļoti tuvu. Bērnībā mēs apvienojāmies, lai pārvarētu grūtības. Kad mēs bijām pusaudži, mēs dalījāmies savos sapņos. Un tagad, pieaugušā vecumā, mēs dalāmies savos sasniegumos un neapmierinātībā. Es nevaru dzīvot bez viņas.

"Lieliski! Šī jūsu sajūta ir neticami skaista. Es saņemu vēlmi satikt jūs abus. Vai viņa ir tikpat nerātna kā tu?

"Efektīvā veidā viņa ir labākā tajā, ko dara. Ļoti gudrs, skaists un pieklājīgs. Mana priekšrocība ir tā, ka esmu gudrāks.

"Bet es tajā neredzu problēmu. Man patīk abi.

" Vai jums tas tiešām patīk? Ziniet, Amelinha ir īpaša sieviete. Ne tāpēc, ka viņa ir mana māsa, bet tāpēc, ka viņai ir milzu sirds. Man ir mazliet žēl viņas, jo viņa nekad nav ieguvusi līgavaini. Es zinu, ka viņas sapnis ir apprecēties. Viņa pievienojās man sacelšanās laikā, jo mani nodeva mans pavadonis. Kopš tā laika mēs meklējam tikai ātras attiecības.

"Es pilnīgi saprotu. Es arī esmu izvirtulis. Tomēr man nav īpaša iemesla. Es vienkārši gribu izbaudīt savu jaunību. Jūs šķietat lieliski cilvēki.

"Liels paldies. Vai jūs tiešām esat no Arcoverde?

"Jā, es esmu no centra. Un jūs?

"No Svētā Kristofera apkaimes.

"Lieliski. Vai tu dzīvo viens?

"Jā. Netālu no autoostas.

"Vai šodien var saņemt vizīti no vīrieša?

"Mēs labprāt to darītu. Bet jums ir jāpārvalda abi. Labi?

"Vai tu neuztraucies, mīlulīt. Es varu tikt galā līdz trim.

"Jā! Patiess!

"Es būšu turpat. Vai varat paskaidrot atrašanās vietu?

"Jā. Tas būs mans prieks.

"Es zinu, kur tas ir. Es nāku tur augšā!

Melnais vīrietis izgāja no istabas un Belinha arī. Viņa to izmantoja un pārcēlās uz virtuvi, kur satika savu māsu. Amelinha vakariņās mazgāja netīros traukus.

"Labvakar tev, Amelinha. Jūs neticēsiet. Uzminiet, kurš nāks pāri.

"Man nav ne jausmas, māsa. Kas, kurš?

"Flavius. Es viņu satiku virtuālajā tērzētajā. Viņš šodien būs mūsu izklaide.

"Kā viņš izskatās?

"Tas ir Melnais cilvēks. Vai jūs kādreiz apstājāties un domājāt, ka tas varētu būt jauki? Nabaga cilvēks nezina, uz ko mēs esam spējīgi!

"Tā tiešām ir māsa! Pabeigsim viņu.

"Viņš kritīs, kopā ar mani! "Teica Belinha.

"Nē! Tas būs ar mani "Atbildēja Amelinha.

"Viens ir skaidrs: ar vienu no mums viņš kritīs," secināja Belinha .

"Tā ir taisnība! Kā būtu, ja mēs visu sagatavotu guļamistabā?

"Laba ideja. Es jums palīdzēšu!

Abas negausīgās lelles devās uz istabu, atstājot visu organizēto vīrieša ierašanās brīdim. Tiklīdz viņi pabeidz, viņi dzird zvana zvanu.

"Vai tas ir viņš, māsa? "Jautāja Amelinha.
"Pārbaudīsim to kopā! (Belinha)
"Nāciet! Amelinha piekrita.

Soli pa solim abas sievietes pagāja garām guļamistabas durvīm, pagāja garām ēdamistabai un tad ieradās viesistabā. Viņi piegāja pie durvīm. Kad viņi to atver, viņi sastopas ar Flavius burvīgo un vīrišķīgo smaidu.

"Labvakar! Viss kārtībā? Es esmu Flavius.

"Labvakar. Jūs esat laipni gaidīti. Es esmu Belinha, kas runāja ar jums datorā, un šī jaukā meitene man blakus ir mana māsa.

"Jauki tevi satikt, Flavius! "Amelinha teica.

"Patīkami tevi satikt. Vai es varu ienākt?

"Protams! "Abas sievietes atbildēja vienlaicīgi.

Ērzelim bija piekļuve telpai, ievērojot katru dekora detaļu. Kas notika tajā virmojošajā prātā? Viņu īpaši aizkustināja katrs no šiem sieviešu īpatņiem. Pēc mirkļa viņš dziļi ieskatījās acīs abiem, kas teica:

" Vai tu esi gatavs tam, ko es esmu atnācis darīt?

"Gatavs "Apstiprināja mīlētājus!

Trio smagi apstājās un devās tālā ceļā uz mājas lielāko istabu. Aizverot durvis, viņi bija pārliecināti, ka debesis dažu sekunžu laikā nonāks ellē. Viss bija ideāls: dvieļu izkārtojums, seksa rotaļlietas, pornogrāfija, kas tiek atskaņota griestu televīzijā, un romantiskā mūzika, kas dinamiska. Nekas nevarēja atņemt lieliska vakara prieku.

Pirmais solis ir sēdēt pie gultas. Melnais vīrietis sāka novilkt abu sieviešu drēbes. Viņu iekāre un slāpes pēc seksa bija tik lielas, ka tās radīja nelielu satraukumu šajās jaukajās dāmās.

Viņš novilka kreklu, kurā bija redzams krūškurvis un vēders, ko labi trenēja ikdienas treniņš sporta zālē. Jūsu vidējie mati visā šajā reģionā ir piesaistījuši meiteņu nopūtas. Pēc tam viņš novilka bikses, ļaujot apskatīt savu apakšveļu, tādējādi parādot savu apjomu un vīrišķību. Šajā laikā viņš ļāva viņiem pieskarties orgānam, padarot to uzceltāku. Bez noslēpumiem viņš izmeta savu apakšveļu, parādot visu, ko Dievs viņam deva.

Viņš bija divdesmit divus centimetrus garš, četrpadsmit centimetru diametrā pietiekams, lai viņus trakotu. Netērējot laiku, viņi nokrita uz viņu. Viņi sāka ar priekšspēli. Kamēr viens norija viņas gaili mutē, otrs laizīja sēklinieku maisiņus. Šajā operācijā tās bijušas trīs minūtes. Pietiekami ilgi, lai būtu pilnīgi gatavs seksam.

Tad viņš sāka iekļūt vienā un pēc tam otrā bez izvēles. Biežais maršruta temps izraisīja vaidus, kliedzienus un vairākus orgasmus pēc akta. Tās bija trīsdesmit minūtes maksts seksa. Katrs pusi laika. Tad viņi noslēdzās ar orālo un anālo seksu.

Ugunsgrēks

Tā bija auksta, tumša un lietaina nakts visu Pernambuco sētas mežu galvaspilsētā. Bija brīži, kad priekšējais vējš sasniedza simts kilometrus stundā, biedējot nabadzīgās māsas Amelinha un Belinha. Abas perversās māsas satikās savas vienkāršās dzīvesvietas viesistabā Svētā Kristofera apkaimē. Neko nedarot, viņi laimīgi runāja par vispārējām lietām.

"Amelinha, kāda bija tava diena saimniecības birojā?

"Tā pati vecā lieta: es organizēju nodokļu un muitas administrācijas nodokļu plānošanu, vadīju nodokļu nomaksu,

PERVERSĀS MĀSAS

strādāju nodokļu nemaksāšanas novēršanā un apkarošanā. Tas ir prasīgs darbs un garlaicīgi. Bet atalgojošs un labi apmaksāts. Un jūs? Kāda bija tava rutīna skolā? "Jautāja Amelinha.

"Klasē es nokārtoju saturu, vadot studentus vislabākajā iespējamajā veidā. Es izlaboju kļūdas un paņēmu divus mobilos telefonus skolēniem, kuri traucēja klasei. Es arī sniedzu nodarbības uzvedībā, pozā, dinamikā un noderīgus padomus. Jebkurā gadījumā, papildus tam, ka esmu skolotājs, es esmu viņu māte. Pierādījums tam ir tas, ka starpbrīdī es iefiltrējos studentu klasē un kopā ar viņiem spēlējām. Manuprāt, skola ir mūsu otrās mājas, un mums ir jārūpējas par draudzību un cilvēcisko saikni, kas mums no tās ir," atbildēja Belinha.

"Izcili, mana mazā māsa. Mūsu darbi ir lieliski, jo tie nodrošina svarīgas emocionālas un mijiedarbības konstrukcijas starp cilvēkiem. Neviens cilvēks nevar dzīvot izolācijā, nemaz nerunājot par psiholoģiskiem un finanšu resursiem" analizēja Amelinha.

"Es piekrītu. Darbs mums ir būtisks, jo tas padara mūs neatkarīgus no mūsu sabiedrībā valdošās kas saistīti ar seksu impērijas, "sacīja Belinha.

"Tieši tā. Mēs turpināsim ievērot savas vērtības un attieksmi. Cilvēks gultā ir tikai labs," novērojusi Amelinha.

"Runājot par cilvēkiem, ko tu domāji par Kristianu? "Belinha jautāja.

"Viņš attaisnoja manas cerības. Pēc šādas pieredzes mani instinkti un prāts vienmēr prasa vairāk radīt iekšēju neapmierinātību. Kāds ir jūsu viedoklis? "Jautāja Amelinha.

" Tas bija labi, bet es arī jūtos kā tu: nepilnīgs. Esmu sausa no mīlestības un seksa. Es gribu arvien vairāk. Kas mums ir šodien? "Teica Belinha.

"Man nav ideju. Nakts ir auksta, tumša un tumša. Vai jūs dzirdat troksni ārpusē? Ir daudz lietus, intensīvs vējš, zibens un pērkons. Man ir bail! "Teica Amelinha.

"Es arī! "Belinha atzinās.

Šajā brīdī visā Arcoverde ir dzirdams pērkona negaiss. Amelinha lec Belinha klēpī, kura kliedz no sāpēm un izmisuma. Tajā pašā laikā trūkst elektrības, padarot viņus abus izmisušus.

"Ko tagad? Ko mēs darīsim Belinha? "Jautāja Amelinha.

"Ej nost no manis, kuce! Es dabūšu sveces! "Teica Belinha. Belinha maigi pagrūda māsu uz dīvāna pusi, kad viņa gropēja sienas, lai nokļūtu virtuvē. Tā kā māja ir maza, šīs operācijas pabeigšanai nav nepieciešams ilgs laiks. Izmantojot taktu, viņš paņem sveces skapī un iededz tās ar sērkociņiem, kas stratēģiski novietoti uz plīts virsmas.

Ar sveces apgaismojumu viņa mierīgi atgriežas istabā, kur viņš satiek savu māsu ar noslēpumainu smaidu, kas plaši atvērts viņa sejā. Ko viņa darīja?

"Tu vari izvēdināties, māsiņ! Es zinu, ka jūs kaut ko domājat," sacīja Belinha.

"Kā būtu, ja mēs izsauktu pilsētas ugunsdzēsības dienestu, brīdinot par ugunsgrēku? Sacīja Amelinha.

"Ļaujiet man to paskaidrot. Vai vēlaties izgudrot izdomātu uguni, lai pievilinātu šos vīriešus? Ko darīt, ja mūs arestē? "Belinha baidījās.

"Mans kolēģis! Esmu pārliecināts, ka viņiem patiks

pārsteigums. Kas viņiem labāk jādara tādā tumšā un blāvā naktī kā šī? "Teica Amelinha.

"Jums ir taisnība. Viņi pateiksies jums par jautrību. Mēs pārtrauksim uguni, kas mūs patērē no iekšpuses. Tagad rodas jautājums: Kam pietiks drosmes viņus saukt? "Jautāja Belinha.

"Esmu ļoti kautrīga. Es atstāju šo uzdevumu jums, mana māsa" sacīja Amelinha.

"Vienmēr es. Labi. Lai kas arī notiktu, Amelinha. - Belinha secināja.

Pieceļoties no dīvāna, Belinha dodas uz galdu stūrī, kur ir uzstādīts mobilais tālrunis. Viņa zvana uz ugunsdzēsēju depo neatliekamās palīdzības numuru un gaida, kad saņems atbildi. Pēc dažiem pieskārieniem viņš dzird dziļu, stingru balsi, kas runā no otras puses.

"Labvakar. Tas ir ugunsdzēsēju depo. Ko tu vēlies?

"Mani sauc Belinha. Es dzīvoju Svētā Kristofera apkaimē šeit, Arcoverde. Mēs ar māsu esam izmisuši ar visu šo lietu. Kad šeit, mūsu mājā, izdzisa elektrība, radās īssavienojums, sākot aizdedzināt objektus. Par laimi, mēs ar māsu izgājām ārā. Ugunsgrēks lēnām patērē māju. Mums ir nepieciešama ugunsdzēsēju palīdzība," sacīja satrauktā meitene.

"Ņemiet to viegli, mans draugs. Mēs tur drīz būsim. Vai varat sniegt detalizētu informāciju par savu atrašanās vietu? "Jautāja dežurējošais ugunsdzēsējs.

"Mana māja ir tieši Centrālajā avēnijā, trešā māja labajā pusē. Vai ar jums viss ir kārtībā?

"Es zinu, kur tas ir. Mēs tur būsim pēc dažām minūtēm. Esiet mierīgi," sacīja ugunsdzēsējs.

"Mēs gaidām. Paldies! "Paldies Belinha.

Atgriežoties dīvānā ar plašu smīnu, viņi abi atlaida savus spilvenus un šņukstēja ar jautrību, ko viņi darīja. Tomēr tas nav ieteicams darīt, ja vien viņi nav divi līdzīgi viņiem.

Apmēram desmit minūtes vēlāk viņi izdzirdēja klauvējienu pie durvīm un devās uz to atbildēt. Kad viņi atvēra durvis, viņi saskaras ar trim maģiskām sejām, katra ar savu raksturīgo skaistumu. Viens bija melns, sešas pēdas garš, kājas un rokas vidējas. Vēl viens bija tumšs, viens metrs un deviņdesmit garš, muskuļots un skulpturāls. Trešais bija balts, īss, plāns, bet ļoti mīlēja. Baltais zēns vēlas iepazīstināt ar sevi:

"Sveikas, dāmas, labvakar! Mani sauc Roberto. Šo blakus esošo cilvēku sauc Matejs un brūno vīru Filipu. Kādi ir jūsu vārdi un kur ir uguns?

"Es esmu Belinha, es runāju ar tevi pa telefonu. Šis brūn matainais cilvēks šeit ir mana māsa Amelinha. Ienāciet, un es jums to paskaidrošu.

"Labi. Viņi vienlaikus uzņēma trīs ugunsdzēsējus.

Kvintets ienāca mājā, un viss likās normāli, jo elektrība bija atgriezusies. Viņi apmetas uz dīvāna dzīvojamā istabā kopā ar meitenēm. Aizdomīgi, viņi sarunājas.

"Ugunsgrēks ir beidzies, vai ne? "Matejs jautāja.

"Jā. Mēs jau to kontrolējam, pateicoties varonīgām pūlēm," skaidroja Amelinha.

"Žēl! Man ir gribējies strādāt. Tur kazarmās rutīna ir tik vienmuļa, "sacīja Felipe.

"Man ir ideja. Kā būtu ar darbu patīkamākā veidā? "Belinha ieteica.

" Jūs domājat, ka jūs esat tas, ko es domāju? "Iztaujāja Felipe.

"Jā. Mēs esam vientuļas sievietes, kuras mīl baudu. Noskaņojies jautrībai?" Jautāja Belinha.
"Tikai tad, ja tu ej tagad," atbildēja melnādains vīrietis.
"Es arī esmu iekšā," apstiprināja Brauns.
"Gaidi mani" Baltais zēns ir pieejams.
"Tātad, pieņemsim," sacīja meitenes.

Kvintets ienāca istabā, dalot divguļamo gultu. Tad sākās seksa orģijas. Belinha un Amelinha uzņēma ap griezienus, lai apmeklētu trīs ugunsdzēsēju prieku. Viss likās maģiski, un nebija labākas sajūtas par būšanu kopā ar viņiem. Ar dažādām dāvanām viņi piedzīvoja seksuālas un pozicionālas variācijas, radot perfektu attēlu.

Meitenes šķita negausīgas savā seksuālajā degsmē, kas šos profesionāļus sadusmoja. Viņi gāja cauri naktij, nodarbojoties ar seksu, un prieks, šķiet, nekad nebeidzās. Viņi neatstāja, kamēr nesaņēma steidzamu zvanu no darba. Viņi pameta un devās atbildēt uz policijas ziņojumu. Pat ja tā, viņi nekad neaizmirsīs šo brīnišķīgo pieredzi kopā ar "Perversajām māsām".

Ārsta konsultācija

Tas uzpeldēja skaistajā ārzemju galvaspilsētā. Parasti abas perversās māsas agri pamodās. Tomēr, kad viņi piecēlās, viņi nejutās labi. Kamēr Amelinha turpināja šķaudīt, viņas māsa Belinha jutās nedaudz nosmakusi. Šie fakti nāca no iepriekšējās nakts Virdžīnijas kara laukumā, kur viņi dzēra, skūpstījās uz mutes un rāmā naktī harmoniski šņāca.

Tā kā viņi nejutās labi un bez spēka ne uz ko, viņi sēdēja

uz dīvāna, domājot, ko darīt, jo profesionālās saistības gaidīja, kad tiks atrisinātas.

"Ko mēs darām, māsa? Man ir pilnīgi bez elpas un esmu izsmelta," sacīja Belinha.

"Pastāsti man par to! Man ir galvassāpes, un es sāku saņemt vīrusu. Mēs esam apmaldījušies!" Teica Amelinha.

"Bet es nedomāju, ka tas ir iemesls, lai palaistu garām darbu! Cilvēki ir atkarīgi no mums!" Teica Belinha

"Nomierinieties, nekrītam panikā! Kā būtu, ja mēs pievienotos jaukajam?" Ieteica Amelinha.

"Nesakiet man, ka jūs domājat, ko es domāju...." Belinha bija pārsteigta.

"Tas ir pareizi. Dodamies pie ārsta kopā! Tas būs lielisks iemesls, lai palaistu garām darbu, un, kas zina, nenotiek tas, ko mēs vēlamies!" Teica Amelinha

"Lieliska ideja! Tātad, ko mēs gaidām? Gatavosimies!" Jautāja Belinha.

"Nāciet!" Amelinha piekrita.

Abi devās uz saviem iežogojumiem. Viņi bija tik satraukti par lēmumu; viņi pat neizskatījās slimi. Vai tas viss bija tikai viņu izgudrojums? Piedodiet, lasītāj, nedomāsim slikti par mūsu dārgajiem draugiem. Tā vietā mēs pavadīsim viņus šajā aizraujošajā jaunajā viņu dzīves nodaļā.

Guļamistabā viņi peldējās savos apartamentos, uzvilka jaunas drēbes un apavus, ķemmēja garos matus, uzvilka franču smaržas un pēc tam devās uz virtuvi. Tur viņi sasita olas un sieru, piepildot divus maizes klaipus, un ēda ar atdzesētu sulu. Viss bija neticami garšīgi. Pat ja tā, viņi, šķiet, to nejuta, jo trauksme un nervozitāte ārsta iecelšanas priekšā bija milzīga.

PERVERSĀS MĀSAS

Kad viss bija gatavs, viņi atstāja virtuvi, lai izietu no mājas. Ar katru sperto soli viņu mazās sirsniņas pulsēja ar emociju domāšanu pilnīgi jaunā pieredzē. Svētīgi lai viņi visi! Optimisms viņus pārņēma un bija kaut kas, kam jāseko citiem!

Mājas ārpusē viņi dodas uz garāžu. Atverot durvis divos mēģinājumos, viņi stāv pieticīgās sarkanās automašīnas priekšā. Neskatoties uz to labo garšu automašīnās, viņi deva priekšroku populārajiem, nevis klasikai, baidoties no kopējās vardarbības, kas sastopama visos Brazīlijas reģionos.

Nekavējoties meitenes iekāpj automašīnā, maigi izejot no tās, un tad viena no viņām aizver garāžu, tūlīt pēc tam atgriežoties pie automašīnas. Kas brauc, ir Amelinha ar pieredzi jau desmit gadus? Belinha i vēl nav atļauts vadīt transportlīdzekli.

Manāmi īsais maršruts starp viņu mājām un slimnīcu tiek veikts ar drošību, harmoniju un mieru. Tajā brīdī viņiem bija maldīga sajūta, ka viņi var kaut ko darīt. Pretrunīgi, viņi baidījās no viņa viltības un brīvības. Viņi paši bija pārsteigti par veiktajām darbībām. Tas nebija ne par ko mazāk, ka viņus sauca par slampa labiem bastardiem!

Ierodoties slimnīcā, viņi ieplānoja tikšanos un gaidīja, kad tiks izsaukti. Šajā laika intervālā viņi izmantoja uzkodu pagatavošanas iespēju un, izmantojot mobilo lietojumprogrammu, apmainījās ar ziņojumiem ar saviem dārgajiem seksuālajiem kalpiem. Ciniskāks un jautrāks par šiem, nebija iespējams būt!

Pēc kāda laika ir viņu kārta redzēt. Nešķirami, viņi nonāk aprūpes birojā. Kad tas notiek, ārstam gandrīz ir sirdslēkme. Viņu priekšā bija rets vīrieša gabals: garš, gaišmatains cilvēks, vienu metru un deviņdesmit centimetrus garš, bārdains, mati, kas veido zirgasti, muskuļu rokas un krūtis, dabiskas sejas ar eņģeļu izskatu. Vēl pirms viņi varēja sagatavot reakciju, viņš aicina:

"Apsēdies, jūs abi!

"Paldies!"Viņi teica gan.

Abiem ir laiks veikt ātru vides analīzi: Apkalpošanas galda priekšā ārsts, krēsls, kurā viņš sēdēja, un aiz skapja. Labajā pusē gulta. Uz sienas autora Cândido Portinari ekspresionistu gleznas, kurās attēlots cilvēks no laukiem. Atmosfēra ir ļoti mājīga, atstājot meitenes mierīgas. Relaksācijas atmosfēru izjauc apspriešanas formālais aspekts.

"Pastāsti man, ko tu jūti, meitenes!

Tas meitenēm izklausījās neformāli. Cik mīļš bija tas blondais vīrietis! Tam vajadzēja būt garšīgam, lai ēstu.

"Galvassāpes, nejaušība un vīruss!"Teica Amelinha.

"Esmu bez elpas un nogurusi!"Apgalvoja Belinha.

"Tas ir labi! Ļaujiet man paskatīties! Apgulies uz gultas! "Ārsts jautāja.

Kurši tik tikko elpoja pēc šī lūguma. Profesionālis lika viņiem novilkt daļu no drēbēm un sajuta tās dažādās daļās, kas izraisīja drebuļus un aukstus sviedrus. Saprotot, ka ar viņiem nav nekā nopietna, pavadonis pajokoja:

"Tas viss izskatās perfekti! No kā jūs vēlaties, lai viņi baidītos? Injekcija pakaļā?

"Man tas patīk! Ja tā ir liela un bieza injekcija, vēl labāk! "Teica Belinha.

"Vai tu pielietosi lēnām, mīli?"Teica Amelinha.

"Es prasu pārāk daudz!"Atzīmēja klīnicists.

Uzmanīgi aizverot durvis, viņš nokrīt uz meitenēm kā savvaļas dzīvnieks. Pirmkārt, viņš noņem pārējās drēbes no ķermeņiem. Tas vēl vairāk saasina viņa libido. Būdams pilnīgi kails, viņš uz brīdi apbrīno šīs skulpturālās radības. Tad ir viņa kārta dižoties. Viņš pārliecinās, ka viņi novelk drēbes. Tas palielina mijiedarbību un intimitāti starp grupu.

Kad viss ir gatavs, viņi sāk seksa priekšvēstnešus. Izmantojot mēli jutīgās daļās, piemēram, anālajā atverē, uz sēžamvietas un ausī, blondīne izraisa mini baudas orgasmu abām sievietēm. Viss noritēja labi pat tad, kad kāds turpināja klauvēt pie durvīm. Nav izejas, viņam ir jāatbild. Viņš nedaudz pastaigājas un atver durvis. To darot, viņš sastopas ar dežūrārstu: tievu divas sacīkstes cilvēku, ar plānām kājām un ārkārtīgi zemu.

"Daktera, man ir jautājums par pacienta medikamentiem: vai tas ir pieci vai trīs simti miligramu aspirīns? "Pajautāja Roberto, kurš parādīja recepti.

"Piecsimt! "Apstiprināja Aleks.

Šajā brīdī medmāsa redzēja kailu meiteņu kājas, kuras mēģināja paslēpties. Smējās iekšā.

"Mazliet jokojot apkārt, vai ne, ārsts? Pat nezvaniet draugiem!

"Atvainojiet! Vai vēlaties pievienoties bandai?

"Es labprāt to darītu!

"Tad nāc!

Abi iegāja istabā, aiz sevis aizverot durvis. Vairāk nekā ātri, divas sacīkstes persona novilka savas drēbes. Kails, viņš parādīja savu garo, biezo, vēnu mastu kā trofeju. Belinha bija sajūsmā un drīz vien sniedza viņam orālo seksu. Aleks arī pieprasīja, lai Amelinha darītu to pašu ar viņu. Pēc mutes dobuma viņi sāka anālo. Šajā daļā Belinha i bija ārkārtīgi grūti turēties pie medmāsas briesmoņa gaiļa. Bet, kad tas iegāja caurumā, viņu prieks bija milzīgs. No otras puses, viņi nejuta nekādas grūtības, jo viņu dzimumloceklis bija normāls.

Tad viņiem bija maksts sekss dažādās pozīcijās. Kustība uz priekšu un atpakaļ dobumā izraisīja halucinācijas. Pēc šī posma četrinieki apvienojās grupveida seksā. Tā bija labākā pieredze, kurā tika iztērētas atlikušās enerģijas. Pēc piecpadsmit minūtēm viņi abi tika izpārdoti. Māsām sekss nekad nebeigtos, bet labi, jo viņas tika cienītas šo vīriešu trauslumā. Nevēloties traucēt savu darbu, viņi atmeta darba pamatojuma sertifikāta un personīgā tālruņa ņemšanu. Viņi aizgāja pilnīgi komponēti, neizraisot neviena uzmanību slimnīcas šķērsošanas laikā.

Ierodoties stāvvietā, viņi iekāpa automašīnā un sāka ceļu atpakaļ. Laimīgi, kādi viņi ir, viņi jau domāja par savu nākamo seksuālo ļaunumu. Perversās māsas tiešām bija kaut kas!

Privātstunda

Tā bija pēcpusdiena kā jebkura cita. Jauniesācēji no darba, perversās māsas bija aizņemtas ar mājsaimniecības darbiem. Pēc visu uzdevumu pabeigšanas viņi pulcējās telpā, lai nedaudz atpūstos. Kamēr Amelinha lasīja grāmatu, Belinha izmantoja mobilo internetu, lai pārlūkotu savas iecienītākās vietnes.

Kādā brīdī istabā skaļi kliedz otrais, kas biedē māsu.

"Kas tas ir, meitene? Vai tu esi traks?" Jautāja Amelinha.

"Es tikko piekļuvu konkursu vietnei, kurai bija pateicīgs pārsteigums," informēja Belinha.

"Pastāsti man vairāk!
"Federālās apgabaltiesas reģistrācija ir atvērta. Darīsim?
"Labs zvans, mana māsa! Kāda ir alga?
"Vairāk nekā desmit tūkstoši sākotnējo dolāru.
"Ļoti labi! Mans darbs ir labāks. Tomēr konkursu taisīšu, jo gatavojos meklēt citus notikumus. Tas kalpos kā eksperiments.
"Jums klājas ļoti labi! Jūs mani iedrošināt. Tagad es nezinu, ar ko sākt. Vai varat man sniegt padomus?
"Iegādājieties virtuālo kursu, uzdodiet daudz jautājumu testa vietnēs, veiciet un pārtaisiet iepriekšējos testus, rakstiet kopsavilkumus, skatieties padomus un cita starpā lejupielādējiet labus materiālus internetā.
"Paldies! Es ņemšu vērā visus šos padomus! Bet man vajag kaut ko vairāk. Paskatieties, māsa, tā kā mums ir nauda, kā būtu, ja mēs maksātu par privātstundu?
"Es par to nebiju domājusi. Tā ir inovatīva ideja! Vai jums ir kādi ieteikumi kompetentai personai?
"Manos telefona kontaktos ir ļoti kompetents skolotājs no Arcoverde. Paskaties uz viņa bildi!

Belinha uzdāvināja māsai savu mobilo telefonu. Redzot zēna attēlu, viņa bija ekstāzē. Bez izskatīga viņš bija gudrs! Tas būtu ideāls upuris pārim, kas pievienojas noderīgajam patīkamajam.

"Ko mēs gaidām? Saņem viņu, māsa! Mums drīz jāmācās.
"Amelinha teica.
"Tu to dabūji! "Belinha pieņēma.

Pieceļoties no dīvāna, viņa sāka zvanīt tālruņa numurus uz

numuru paliktņa. Kad zvans ir veikts, būs nepieciešami tikai daži mirkļi, lai atbildētu.

"Labdien. Jūs visi, vai ne?

"Tas viss ir lieliski, Renato.

"Izsūtiet pasūtījumus.

"Es sērfoju internetā, kad atklāju, ka pieteikumi federālās apgabaltiesas konkursam ir atvērti. Es uzreiz nosaucu savu prātu par cienījamu skolotāju. Vai atcerēties skolas sezonu?

"Es labi atceros to laiku. Labi laiki tiem, kas neatgriežas!

"Tieši tā! Vai jums ir laiks sniegt mums privātu nodarbību?

"Kāda saruna, jaunkundze! Tev man vienmēr ir laiks! Kādu datumu mēs nosakām?

"Vai mēs to varam izdarīt rīt pulksten 2:00? Mums ir jāsāk!

"Protams, es to daru! Ar savu palīdzību es pazemīgi saku, ka izredzes iet garām neticami palielinās.

"Esmu par to pārliecināts!

"Cik labi! Jūs varat mani sagaidīt pulksten 2:00.

"Liels paldies! Līdz rītam!

"Tiekamies vēlāk!

Belinha nolika klausuli un ieskicēja smaidu savam pavadonim. Aizdomās par atbildi, Amelinha jautāja:

"Kā tas notika?

"Viņš pieņēma. Rīt pulksten 2:00 viņš būs šeit.

"Cik labi! Nervi mani nogalina!

"Vienkārši ņemiet to viegli, māsa! Būs labi.

"Āmen!

"Vai mēs gatavosim vakariņas? Es jau esmu izsalcis!

"Nu atcerējos.!

Pāris devās no viesistabas uz virtuvi, kur patīkamā

vidē sarunājās, spēlēja, gatavoja citas aktivitātes. Viņas bija priekšzīmīgas māsu figūras, kuras vieno sāpes un vientulība. Tas, ka viņi seksā bija bastardi, viņus tikai vēl vairāk kvalificēja. Kā jūs visi zināt, Brazīlijas sievietei ir siltas asinis.

Drīz pēc tam viņi brāļojās ap galdu, domājot par dzīvi un tās likstām.

"Ēdot šo gardo Vistas krēms, es atceros melno cilvēku un ugunsdzēsējus! Mirkļi, kas, šķiet, nekad nepāriet! "Belinha teica!

"Pastāsti man par to! Tie puiši ir garšīgi! Nemaz nerunājot par medmāsu un ārstu! Man arī patika! "Atcerējos Amelinha!

"Tiesa gan, mana māsa! Ar skaistu mastu jebkurš vīrietis kļūst patīkams! Lai feministes man piedod!

"Mums nav jābūt tik radikāliem...!

Abi smejas un turpina ēst ēdienu uz galda. Uz brīdi nekas cits nebija svarīgs. Viņi bija vieni pasaulē, un tas viņus kvalificēja kā skaistuma un mīlestības Dievietes. Jo vissvarīgākais ir justies labi un iegūt pašcieņu.

Pārliecināti par sevi, viņi turpina ģimenes rituālu. Šī posma beigās viņi sērfo internetā, klausās mūziku dzīvojamās istabas stereo, skatās ziepju operas un vēlāk arī pornogrāfiska filma. Šī steiga atstāj viņus bez elpas un noguruma, liekot viņiem doties atpūsties savās istabās. Viņi ar nepacietību gaidīja nākamo dienu.

Nepaies ilgs laiks, līdz viņi nonāks dziļā miegā. Izņemot murgus, nakts un rītausma notiek normālā diapazonā. Tiklīdz nāk rītausma, viņi pieceļas un sāk ievērot parasto rutīnu: vanna, brokastis, darbs, atgriešanās mājās, vanna, pusdienas, sauļošanās un pārcelšanās uz istabu, kur viņi gaida plānoto vizīti.

Kad viņi dzird klauvējam pie durvīm, Belinha pieceļas un dodas atbildēt. To darot, viņš sastopas ar smaidīgo skolotāju. Tas viņam radīja labu iekšējo gandarījumu.

"Laipni lūgts atpakaļ, mans draugs! Vai esat gatavs mūs mācīt?

"Jā, ļoti, ļoti gatavs! Vēlreiz paldies par šo iespēju! "Teica Renato.

"Iesim iekšā! - sacīja Belinha.

Zēns divreiz nedomāja un pieņēma meitenes lūgumu. Viņš sveicināja Amelinha un pēc viņas signāla apsēdās uz dīvāna. Viņa pirmā attieksme bija novilkt melno trikotāžas blūzi, jo tā bija pārāk karsta. Ar to viņš atstāja savu labi nostrādāto krūšu plāksni sporta zālē, sviedri pilēja un viņa tumšās ādas gaisma. Visas šīs detaļas bija dabisks šiem diviem "perversiem".

Izliekoties, ka nekas nenotiek, starp viņiem trim tika uzsākta saruna.

"Tu sagatavoji labu klasi, profesor? "Jautāja Amelinha.

"Jā! Sāksim ar kādu rakstu? "jautāja Renato.

"Es nezinu... "teica Amelinha.

"Kā būtu, ja mēs vispirms izklaidētos? Pēc tam, kad tu novilki kreklu, es saslapinājos! "Atzinās Belinha.

"Es arī, "teica Amelinha.

"Jūs abi patiešām esat seksa maniaki! Vai tas nav tas, ko es mīlu? "Teica meistars.

Nesagaidījis atbildi, viņš novilka savus zilos džinsus, kuros bija redzami augšstilba muskuļi, saulesbrilles, kurās bija redzamas viņa zilās acis, un visbeidzot apakšveļa, kurā bija redzama

PERVERSĀS MĀSAS

gara dzimumlocekļa pilnība, vidēja biezuma un ar trīsstūrveida galvu. Pietika ar to, ka mazie sirmgalvji uzkrita virsū un sāka baudīt šo vīrišķīgo, jocīgo ķermeni. Ar viņa palīdzību viņi novilka drēbes un sāka seksa priekšvēstnešus.

Īsāk sakot, šī bija brīnišķīga seksuāla tikšanās, kurā viņi piedzīvoja daudz jaunu lietu. Tas bija četrdesmit minūtes mežonīga seksa pilnīgā harmonijā. Šajos brīžos emocijas bija tik lielas, ka viņi pat nepamanīja laiku un telpu. Tāpēc viņi bija bezgalīgi caur Dieva mīlestību.

Kad viņi sasniedza ekstāzi, viņi nedaudz atpūtās uz dīvāna. Pēc tam viņi pētīja sacensību noteiktās disciplīnas. Būdami studenti, abi bija izpalīdzīgi, inteliģenti un disciplinēti, ko atzīmēja skolotājs. Esmu pārliecināts, ka viņi bija ceļā uz apstiprināšanu.

Trīs stundas vēlāk viņi pameta daudz sološas jaunas studiju sanāksmes. Laimīgas dzīvē, perversās māsas devās rūpēties par citiem saviem pienākumiem, jau domājot par saviem nākamajiem piedzīvojumiem. Viņi pilsētā bija pazīstami kā "Negausīgie".

Sacensību tests

Ir pagājis kāds laiks. Apmēram divus mēnešus perversās māsas veltīja sevi konkursam atbilstoši pieejamajam laikam. Katru dienu, kas pagāja, viņi bija vairāk sagatavoti visam, kas nāca un gāja. Tajā pašā laikā bija seksuālas tikšanās, un šajos brīžos viņi tika atbrīvoti.

Beidzot bija pienākusi testa diena. Agri izbraucot no iekšzemes galvaspilsētas, abas māsas sāka staigāt pa BR 232 šoseju, kuras kopējais maršruts ir 250 km. Pa ceļam viņi šķērsoja galvenos valsts interjera punktus: Pesqueira, Skaists dārzs, Svētais Caetano, Caruaru, Gravatá, Teļi un svētā uzvara Antao. Katrai no šīm pilsētām bija stāsts, ko pastāstīt, un no savas pieredzes viņi to pilnībā absorbēja. Cik labi bija redzēt kalnus, Atlantijas okeāna mežu, caatinga, fermas, fermas, ciematus, mazpilsētas un malkot tīru gaisu, kas nāk no mežiem. Pernambuco bija brīnišķīga valsts!

Ieejot galvaspilsētas pilsētas perimetrā, viņi svin ceļojuma labo realizāciju. Dodieties pa galveno avēniju uz apkaimes labo ceļojumu, kur viņi veiktu testu. Pa ceļam viņi saskaras ar pārslogotu satiksmi, svešinieku vienaldzību, piesārņotu gaisu un vadības trūkumu. Bet viņi beidzot to izdarīja. Viņi ieiet attiecīgajā ēkā, identificē sevi un sāk pārbaudi, kas ilgtu divus periodus. Testa pirmajā daļā viņi ir pilnībā koncentrējušies uz problēmu, ko rada jautājumi ar atbilžu variantiem. Nu, ko izstrādāja par pasākumu atbildīgā banka, pamudināja uz visdažādākajiem abu darbiem. Viņuprāt, viņiem klājās labi. Kad viņi paņēma pārtraukumu, viņi izgāja pusdienās un sulā restorānā ēkas priekšā. Šie mirkļi viņiem bija svarīgi, lai saglabātu uzticību, attiecības un draudzību.

Pēc tam viņi devās atpakaļ uz testa vietu. Tad sākās sacensību otrais periods ar jautājumiem, kas saistīti ar citām disciplīnām. Pat neturot tādu pašu tempu, viņi joprojām bija ļoti uztveroši savās atbildēs. Tādā veidā viņi pierādīja, ka labākais veids, kā nokārtot konkursus, ir daudz veltīt studijām. Pēc kāda laika viņi beidza savu pārliecinošo dalību. Viņi nodeva pierādījumus, atgriezās automašīnā, virzoties uz netālu esošo pludmali.

Pa ceļam viņi spēlēja, ieslēdza skaņu, komentēja sacensības un virzījās uz priekšu Recife ielās, vērojot galvaspilsētas apgaismotās ielas, jo bija nakts. Viņi brīnās par redzēto skatienu. Nav brīnums, ka pilsēta ir pazīstama kā "tropu galvaspilsēta". Saule rietēja, piešķirot videi vēl krāšņāku izskatu. Cik jauki tajā brīdī tur būt!

Kad viņi sasniedza jauno punktu, viņi tuvojās jūras krastiem un pēc tam palaida tās aukstajos un mierīgajos ūdeņos. Izprovocētā sajūta ir prieka, apmierinājuma, gandarījuma un miera ekstāzē. Zaudējot laiku, viņi peld, līdz ir noguruši. Pēc tam viņi bez bailēm vai raizēm guļ pludmalē zvaigžņu gaismā. Maģija tos izcili pārņēma. Viens vārds, kas jālieto šajā gadījumā, bija "Neizmērojams".

Kādā brīdī, kad pludmale ir gandrīz pamesta, tuvojas divi meiteņu vīrieši. Viņi cenšas piecelties un skriet briesmu priekšā. Bet viņus aptur zēnu spēcīgās rokas.

"Ņemiet to viegli, meitenes! Mēs negrasāmies jūs sāpināt! Mēs lūdzam tikai nedaudz uzmanības un mīlestības! "Viens no viņiem runāja.

Saskaroties ar maigo toni, meitenes smējās ar emocijām. Ja viņi gribēja seksu, kāpēc gan viņus neapmierināt? Viņi bija eksperti šajā mākslā. Atbildot uz viņu cerībām, viņi piecēlās un palīdzēja viņiem novilkt drēbes. Viņi piegādāja divus prezervatīvus un izgatavoja striptīzu. Ar to pietika, lai šos divus vīrus padzītu trakus.

Nokrītot zemē, viņi mīlēja viens otru pa pāriem, un viņu kustības lika grīdai kratīties. Viņi atļāva sev visas abu seksuālās variācijas un vēlmes. Šajā piegādes brīdī viņi nerūpējās ne par ko, ne par vienu. Viņiem viņi bija vieni visumā lielā mīlestības

| 25 |

rituālā bez aizspriedumiem. Seksā viņi bija pilnībā savstarpēji saistīti, radot spēku, kas nekad nav redzēts. Tāpat kā instrumenti, tie bija daļa no lielāka spēka dzīves turpināšanā.

Tikai izsīkums liek viņiem apstāties. Pilnībā apmierināti, vīrieši pamet un iet prom. Meitenes nolemj doties atpakaļ uz automašīnu. Viņi sāk savu ceļojumu atpakaļ uz savu dzīvesvietu. Nu, viņi paņēma līdzi savu pieredzi un gaidīja labas ziņas par konkursu, kurā viņi piedalījās. Viņi noteikti bija pelnījuši vislabāko veiksmi pasaulē.

Pēc trim stundām viņi atgriezās mājās mierā. Viņi pateicas Dievam par svētībām, kas dotas, ejot gulēt. Otrā dienā es gaidīju vairāk emociju abiem maniakiem.

Skolotāja atgriešanās

Uzausa. Saule lec agri, un tās stari iet caur loga plaisām, lai glāstītu mūsu dārgo bērnu sejas. Turklāt smalkā rīta vēsma palīdzēja viņos radīt noskaņu. Cik jauki bija izmantot iespēju pavadīt vēl vienu dienu ar Tēva svētību! Lēnām abi vienlaikus pieceļas no savām gultām. Pēc peldēšanās viņu tikšanās notiek nojumē, kur viņi kopā gatavo brokastis. Tas ir prieka, gaidu un uzmanības novēršanas brīdis, daloties pieredzē neticami fantastiskā laikā.

Pēc tam, kad brokastis ir gatavas, viņi pulcējas ap galdu, ērti sēžot uz koka krēsliem ar kolonnas atzveltni. Kamēr viņi ēd, viņi apmainās ar intīmu pieredzi.

Belinha

Mana māsa, kas tas bija?

Amelinha

Tīras emocijas! Es joprojām atceros katru detaļu par šo dārgo kretīnu ķermeņiem!
Belinha
Es arī! Es jutu milzīgu prieku. Tas bija gandrīz ekstra sensors.
Amelinha
Es zinu! Darīsim šīs trakās lietas biežāk!
Belinha
Es piekrītu!
Amelinha
Vai jums patika tests?
Belinha
Man patika. Es mirstu, lai pārbaudītu savu sniegumu!
Amelinha
Es arī!

Tiklīdz viņi pabeidza barošanu, meitenes paņēma savus mobilos tālruņus, piekļūstot mobilajam internetam. Viņi devās uz organizācijas lapu, lai pārbaudītu pierādījuma atsauksmes. Viņi to pierakstīja uz papīra un devās uz istabu, lai pārbaudītu atbildes.

Iekšā viņi lēkāja aiz prieka, kad ieraudzīja labo noti. Viņi bija pagājuši! Emocijas, kas bija jūtamas, šobrīd nevarēja ierobežot. Pēc tam, kad viņš ir daudz svinējis, viņam ir vislabākā ideja: uzaiciniet meistaru Renato, lai viņi varētu svinēt misijas panākumus. Belinha atkal ir atbildīga par misiju. Viņa paņem telefonu un piezvana.
Belinha
Labdien?
Renato

Sveiki, vai jums viss ir kārtībā? Kā tev klājas, mīļā Belinha?
Belinha
Ļoti labi! Uzminiet, kas tikko notika.
Renato
Nesaki man tevi....
Belinha
Jā! Konkursu izturējām!
Renato
Apsveicu! Vai es jums to neteicu?
Belinha
Es vēlos jums pateikties par visādā ziņā sadarbību. Tu mani saproti, vai ne?
Renato
Es saprotu. Mums kaut kas ir jāizveido. Vēlams savā mājā.
Belinha
Tieši tāpēc es zvanīju. Vai mēs to varam izdarīt šodien?
Renato
Jā! Es to varu izdarīt šovakar.
Belinha
Brīnums. Mēs jūs gaidām tad pulksten astoņos naktī.
Renato
Labi. Vai es varu atvest savu brāli?
Belinha
Protams!
Renato
Tiksimies vēlāk!
Belinha
Tiksimies vēlāk!

Savienojums beidzas. Skatoties uz savu māsu, Belinha ļauj smieties par laimi. Ziņkārīgs, otrs jautā:

Amelinha

Nu un kas par to? viņš nāk?

Belinha

Viss ir kārtībā! Šovakar pulksten astoņos mēs atkal apvienosimies. Viņš un viņa brālis nāk! Vai esat domājis par orģijām?

Amelinha

Pastāsti man par to! Es jau pulsēju ar emocijām!

Belinha

Lai ir sirds! Es ceru, ka tas izdosies!

Amelinha

"Tas viss ir izdevies!

Abi smejas vienlaicīgi , piepildot vidi ar pozitīvām vibrācijām. Tajā brīdī man nebija šaubu, ka liktenis ir sazvērējies par jautrības nakti šim maniaku duetam. Viņi kopā jau bija sasnieguši tik daudz posmu, ka tagad nevājināsies. Tāpēc viņiem jāturpina galvenokārt vīriešus kā seksuālu spēli un pēc tam tos izmest. Tas bija mazākais, ko rase varēja darīt, lai samaksātu par viņu ciešanām. Patiesībā neviena sieviete nav pelnījusi ciest. Pareizāk sakot, katra sieviete nav pelnījusi sāpes.

Laiks ķerties pie darba. Atstājot istabu jau gatavu, abas māsas dodas uz garāžu, kur aizbrauc savā privātajā automašīnā. Amelinha vispirms aizved Belinha uz skolu un pēc tam aiziet uz saimniecības biroju. Tur viņa izstaro prieku un stāsta profesionālos jaunumus. Par konkursa apstiprināšanu viņš saņem visu apsveikumus. Tas pats notiek ar Belinha.

Vēlāk viņi atgriežas mājās un atkal satiekas. Tad sākas gatavošanās kolēģu uzņemšanai. Diena solījās būt vēl īpašāka.

Tieši plānotajā laikā viņi dzird klauvēšanu pie durvīm. Belinha, gudrākā no viņiem, pieceļas un atbild. Ar stingriem un drošiem soļiem viņš ieliek sevi durvīs un lēnām tās atver. Pabeidzot šo operāciju, viņš vizualizē brāļu pāri. Ar signālu no saimnieka viņi ieiet un apmetas uz dīvāna dzīvojamā istabā.

Renato

Tas ir mans brālis. Viņa vārds ir Rikardo.

Belinha

Jauki tevi satikt, Rikardo.

Amelinha

Jūs esat laipni gaidīti šeit!

Ricardo

Es pateicos jums abiem. Prieks ir viss mans!

Renato

Esmu gatavs! Vai mēs varam vienkārši iet uz istabu?

Belinha

Nu!

Amelinha

Kas ko tagad iegūst?

Renato

Es pati izvēlos Belinha.

Belinha

Paldies, Renato, paldies! Mēs esam kopā!

Ricardo

Es labprāt palikšu kopā ar Amelinha!

Amelinha

Tu trīcēsi!

Ricardo
Redzēsim!
Belinha
Tad lai sākas ballīte!

Vīrieši maigi novietoja sievietes uz rokas, nesot tās līdz gultām, kas atrodas vienas no viņām guļamistabā. Ierodoties vietā, viņi novelk drēbes un iekrīt skaistajās mēbelēs, sākot mīlestības rituālu vairākās pozīcijās, apmainoties ar glāstiem un līdzdalību. Uztraukums un prieks bija tik liels, ka pāri ielai varēja dzirdēt radītos vaidus, kas skandalēja kaimiņus. Es domāju, ne tik daudz, jo viņi jau zināja par savu slavu.

Ar secinājumu no augšas mīļotāji atgriežas virtuvē, kur dzer sulu ar cepumiem. Kamēr viņi ēd, viņi tērzē divas stundas, palielinot grupas mijiedarbību. Cik labi bija būt tur, mācoties par dzīvi un to, kā būt laimīgam. Apmierinājums ir būt labam ar sevi un ar pasauli, kas apliecina savu pieredzi un vērtības citu priekšā, nesot pārliecību, ka citi nevar tikt tiesāti. Tāpēc maksimums, ko viņi uzskatīja, bija "Katrs ir savs cilvēks".

Pēc naktsmiera viņi beidzot atvadās. Apmeklētāji atstāj "Dārgos Pirenejus" vēl uzmundrināts, domājot par jaunām situācijām. Pasaule tikai turpināja griezties pret abiem uzticības personām. Lai viņiem veicas!

Mānijas klauns

Pienāca svētdiena un kopā ar viņu daudz ziņu pilsētā. Starp tiem cirka ierašanās ar nosaukumu "Superzvaigzne", kas slavens visā Brazīlijā. Tas ir viss, par ko mēs runājām šajā jomā. Interesanti, ka abas māsas ieplānojušas apmeklēt šova atklāšanu, kas paredzēta tieši šajā naktī.

Tuvojoties grafikam, abi jau bija gatavi doties ārā pēc īpašām vakariņām savas neprecētās personas svinībām. Ģērbušies svinībām, abi parādījās vienlaicīgi, kur izgāja no mājas un iegāja garāžā. Iekāpjot automašīnā, viņi sāk ar to, ka viens no viņiem nokāpj un aizver garāžu. Atgriežoties no tā paša, braucienu var atsākt bez jebkādām papildu problēmām.

Atstājot rajonu Svētais Kristofers, dodieties uz rajonu Boa Vista pilsētas otrā galā, iekšzemes galvaspilsētu ar aptuveni astoņdesmit tūkstošiem iedzīvotāju. Ejot pa klusajiem ceļiem, viņus pārsteidz arhitektūra, Ziemassvētku rotājums, cilvēku gari, baznīcas, kalni, par kuriem viņi, šķiet, runāja, smaržīgie puni, kas apmainīti līdzdalībā, skaļa roka skaņa, franču smaržas, sarunas par politiku, biznesu, sabiedrību, partijām, ziemeļaustrumu kultūru un noslēpumiem. Jebkurā gadījumā viņi bija pilnīgi atvieglot, nemierīgi, nervozi, kā arī koncentrēti.

Pa ceļam uzreiz uzkrīt smalks lietus. Pretēji cerībām meitenes atver transportlīdzekļa logus, liekot maziem ūdens pilieniem ieeļļot sejas. Šis žests parāda viņu vienkāršību un autentiskumu, patiesus sevis astrālos čempionus. Tas ir labākais risinājums cilvēkiem. Kāda jēga novērst neveiksmes, pagātnes nemieru un sāpes? Viņi tos nekur nevestu. Tāpēc viņi bija laimīgi par savām izvēlēm. Lai gan pasaule viņus tiesāja, viņiem bija vienalga, jo viņiem piederēja viņu liktenis. Daudz laimes viņiem dzimšanas dienā!

Apmēram desmit minūtes ārā, viņi jau atrodas stāvvietā, kas pievienota cirkam. Viņi aizver automašīnu, iet dažus metrus uz vides iekšējo pagalmu. Lai nāktu agri, viņi sēž uz pirmajiem balinātājiem. Kamēr jūs gaidāt šovu, viņi pērk popkornu, alu, nomet muļķības un klusus punus. Nebija nekā labāka par atrašanos cirkā!

Pēc četrdesmit minūtēm izrāde tiek uzsākta. Starp atrakcijām ir jocīgi klauni, akrobāti, trapeces mākslinieki, izkropļotājs, nāves globuss, burvji, žonglieri un muzikāls šovs. Trīs stundas viņi dzīvo maģiskus mirkļus, smieklīgi, apjukuši, spēlē, iemīlas, beidzot, dzīvo. Līdz ar šova izjukšanu viņi noteikti dodas uz ģērbtuvi un sasveicinās ar vienu no klauniem. Viņš bija paveicis triku, uzmundrinot viņus tā, it kā tas nekad nebūtu noticis.

Uz skatuves jādabū līnija. Sagadīšanās pēc viņi ir pēdējie, kas dodas ģērbtuvē. Tur viņi atrod izkropļotu klaunu, prom no skatuves.

"Mēs ieradāmies šeit, lai apsveiktu jūs ar lielisko šovu. Tajā ir Dieva dāvana! Viņš noskatījās Belinha.

"Tavi vārdi un tavi žesti ir satricinājuši manu garu. Es nezinu, bet es pamanīju skumjas jūsu acīs. Vai man ir taisnība?

"Paldies jums abiem par vārdiem. Kā tevi sauc? Atbildēja klauns.

"Mani sauc Amelinha!

"Mani sauc Belinha.

"Patīkami tevi satikt. Jūs varat mani saukt par Gilberto! Šajā dzīvē esmu piedzīvojis pietiekami daudz sāpju. Viens no tiem bija nesenā šķiršanās no manas sievas. Jums jāsaprot, ka pēc 20 gadu dzīves nav viegli šķirties no sievas, vai ne? Neatkarīgi no tā, man ir prieks piepildīt savu mākslu.

"Nabaga puisis! Man ļoti žēl! (Amelinha).

"Ko mēs varam darīt, lai viņu uzmundrinātu? (Belinha).

"Es nezinu, kā. Pēc sievas šķiršanās man viņas tik ļoti pietrūkst. (Gilberto).

"Mēs to varam labot, vai mēs, māsa? (Belinha).

"Protams. Tu esi izskatīgs vīrietis. (Amelinha)

"Paldies, meitenes. Jūs esat brīnišķīgi. Iesaucās Gilberto.

Vairs negaidot, baltais, garais, spēcīgais, tumšmatainais vīrišķīgais devās izģērbties, un dāmas sekoja viņa piemēram. Kails, trio iegāja priekšspēlē turpat uz grīdas. Vairāk nekā emociju apmaiņa un lamāšanās, sekss viņus uzjautrināja un uzmundrināja. Šajos īsajos brīžos viņi sajuta daļu no lielāka spēka — Dieva mīlestības. Caur mīlestību viņi sasniedza lielāku ekstāzi, ko cilvēks varēja sasniegt.

Pabeidzot aktu, viņi saģērbjas un atvadās. Tas vēl viens solis un secinājums, kas nāca, bija, ka cilvēks ir savvaļas vilks. Mānijas klauns, kuru jūs nekad neaizmirsīsit. Ne vairāk, viņi atstāj cirku, pārvietojoties uz autostāvvietu. Viņi iekāpj automašīnā, sākot ceļu atpakaļ. Nākamajās dienās tika solīti vēl citi pārsteigumi.

Otrā rītausma ir pienākusi skaistāka nekā jebkad agrāk. Agri no rīta mūsu draugi ar prieku sajūt saules siltumu un vēsmas, kas klīst viņu sejās. Šie kontrasti fiziskajā aspektā radīja labu brīvības, apmierinājuma, gandarījuma un prieka sajūtu. Viņi bija gatavi, piemēram, stāties pretī jaunai dienai.

Tomēr viņi koncentrē savus spēkus, kas beidzas ar viņu pacelšanu. Nākamais solis ir doties uz svītu un darīt to ar ārkārtīgu nomākumu, it kā viņi būtu no Bahia štata. Protams, lai nesāpinātu mūsu dārgos kaimiņus. Visu svēto zeme ir iespaidīga vieta, kas pilna ar kultūru, vēsturi un laicīgām tradīcijām. Lai dzīvo Bahia.

Vannas istabā viņi novelk drēbes ar dīvainu sajūtu, ka viņi nav vieni. Kurš kādreiz ir dzirdējis par blondās vannas istabas leģendu? Pēc šausmu filmu maratona bija normāli ar to iekulties. Pēc tam viņi pamāja ar galvu, cenšoties būt klusāki. Pēkšņi tas nāk prātā katram no viņiem, viņu politiskajai trajektorijai, viņu pilsoņu pusei, profesionālajai, reliģiskajai pusei un viņu seksuālajam aspektam. Viņi jūtas labi par to, ka ir nepilnīgas ierīces. Viņi bija pārliecināti, ka īpašības un defekti papildina viņu personību.

Turklāt viņi ieslēdzas vannas istabā. Atverot dušu, viņi ļāva karstajam ūdenim plūst caur sasvīdušajiem ķermeņiem iepriekšējās nakts karstuma dēļ. Šķidrums kalpo kā katalizators, kas absorbē visas skumjās lietas. Tas ir tieši tas, kas viņiem tagad bija vajadzīgs: aizmirst sāpes, traumas, vilšanos, nemieru, mēģinot atrast jaunas cerības. Kārtējais gads tajā bija izšķirošs. Fantastisks pavērsiens visos dzīves aspektos.

Tīrīšanas process tiek uzsākts, papildus ūdenim izmantojot augu sūkļus, ziepes, šampūnu. Pašlaik viņi izjūt vienu no labākajiem priekiem, kas liek atcerēties biļeti uz rifa un piedzīvojumus pludmalē. Intuitīvi viņu mežonīgais gars lūdz vairāk piedzīvojumu tajā, ko viņi paliek, lai analizētu, cik drīz vien iespējams. Situāciju labvēlīgi ietekmēja brīvais laiks, kas paveikts abu darbā kā balva par centību valsts dienestā.

Apmēram 20 minūtes viņi nedaudz nolika malā savus mērķus, lai izdzīvotu atstarojošu brīdi savā tuvībā. Šīs aktivitātes beigās viņi iznāk no tualetes, noslauka mitru ķermeni ar dvieli, valkā tīras drēbes un apavus, valkā Šveices smaržas, importēja grimu no Vācijas ar patiesi jaukām saulesbrillēm. Pilnīgi gatavi, viņi pāriet uz kausu ar makiem uz sloksnes un sveic sevi laimīgus ar atkal apvienošanos, pateicoties labajam Kungam.

Sadarbībā viņi gatavo skaudības brokastis: Vistas krēms, dārzeņos, augļos, kafijas krēmā un cepums. Vienādās daļās pārtika ir sadalīta. Viņi mijas ar klusuma brīžiem ar īsu vārdu apmaiņu, jo bija pieklājīgi. Gatavas brokastis, nav iespējams aizbēgt tālāk par iecerēto.

"Ko tu iesaki, Belinha? Man ir garlaicīgi!

"Man ir gudra ideja. Vai atceries to cilvēku, kuru satikām literatūras festivālā?

"Es atceros. Viņš bija rakstnieks, un viņa vārds bija Dievišķais.

"Man ir viņa numurs. Kā būtu, ja mēs sazinātos? Es gribētu zināt, kur viņš dzīvo.

"Es arī. Lieliska ideja. Dari tā. Man patiks.

"Viss kārtībā!

Belinha atvēra maku, paņēma telefonu un sāka zvanīt. Pēc dažiem mirkļiem kāds atbild uz līniju, un saruna sākas.

"Labdien.

" Sveiks, Dievišķais. Viss kārtībā?

"Labi, Belinha. Kā sokas?

"Mums klājas labi. Paskatieties, vai šis uzaicinājums joprojām ir spēkā? Mēs ar māsu vēlētos, lai šovakar būtu īpašs šovs.

"Protams, es to daru. Jūs to nenožēlosiet. Šeit mums ir zāģi, bagātīga daba, svaigs gaiss ārpus lieliskas kompānijas. Arī šodien esmu pieejams.

"Cik brīnišķīgi. Nu, gaidiet mūs pie ciema ieejas. Ne vairāk kā 30 minūšu laikā esam tur.

"Tas ir ok. Tiksimies vēlāk!

"Tiekamies vēlāk!

Zvans beidzas. Ar stirkšķi apzīmogotu, Belinha atgriežas, lai sazinātos ar māsu.

"Viņš teica, ka jā. Vai mēs?

"Nāciet! Ko mēs gaidām?

Abi parādē no krūzes līdz mājas izejai, aizverot aiz sevis durvis ar atslēgu. Tad viņi pārceļas uz garāžu. Viņi brauc ar oficiālo ģimenes automašīnu, atstājot savas problēmas, gaidot jaunus pārsteigumus un emocijas pasaules svarīgākajā zemē. Cauri pilsētai, ar ieslēgtu skaļu skaņu, saglabāja savu mazo cerību uz sevi. Tajā brīdī tas bija visa vērts, līdz es domāju par iespēju būt laimīgai mūžīgi.

Ar īsu laiku viņi ieņem šosejas BR 232 labo pusi. Tātad, tas sāk kursa gaitu uz sasniegumiem un laimi. Ar mērenu ātrumu viņi var baudīt kalnu ainavu trases krastos. Lai gan tā bija zināma vide, katrs fragments tur bija vairāk nekā jaunums. Tas bija no jauna atklāts es.

Šķērsojot vietas, saimniecības, ciematus, zilus mākoņus, pelnus un rozes, sausu gaisu un karstu temperatūru. Ieprogrammētajā laikā viņi nonāk pie vēsturisks Brazīlijas iekšzemes ieejas. Pulkvežu, psihiskās, Bezvainīgās ieņemšanas un cilvēku ar augstām intelektuālajām spējām Mimoso.

Kad viņi apstājās pie rajona ieejas, viņi gaidīja jūsu dārgo draugu ar tādu pašu smaidu kā vienmēr. Laba zīme tiem, kas meklēja piedzīvojumus. Izkāpjot no automašīnas, viņi dodas satikt cēlu kolēģi, kurš viņus saņem ar apskāvienu, kas kļūst trīskāršs. Šķiet, ka šis mirklis nebeidzas. Tie jau tiek atkārtoti, viņi sāk mainīt pirmos iespaidus.

"Kā tev klājas, Dievišķais? Jautāja Belinha.

"Labi, kā tev klājas? Sarakstījās ar ekstrasensu.

"Lieliski! (Belinha).

"Labāk nekā jebkad agrāk, papildināja Amelinha.

"Man ir lieliska ideja. Kā būtu, ja mēs dotos augšup pa Ororubá kalnu? Tieši tur tieši pirms astoņiem gadiem sākās mana trajektorija literatūrā.

"Kāds skaistums! Tas būs gods! (Amelinha).

"Arī man! Es mīlu dabu. (Belinha).

"Tātad, iesim tagad. (Aldivan).

Parakstoties, lai sekotu, abu māsu noslēpumainais draugs devās ielās pilsētas centrā. Pa labi, ieejot privātā vietā un ejot apmēram simts metrus, tie tiek ievietoti zāģa apakšā. Viņi ātri apstājas, lai viņi varētu atpūsties un mitrināt. Kā bija kāpt kalnā pēc visiem šiem piedzīvojumiem? Sajūta bija miers, kolekcionēšana, šaubas un vilcināšanās. Tā bija pirmā reize ar visiem likteņa radītajiem izaicinājumiem. Pēkšņi draugi ar smaidu saskaras ar liellisko rakstnieku.

"Kā tas viss sākās? Ko tas jums nozīmē? (Belinha).

"2009. gadā mana dzīve grozījās vienmuļībā. Tas, kas mani turēja pie dzīvības, bija griba ārēji to, ko es jutu pasaulē. Tieši tad es dzirdēju par šo kalnu un viņa brīnišķīgās alas spēkiem. Nav izejas, es nolēmu izmantot iespēju sava sapņa vārdā. Sapakoju somu, uzkāpu kalnā, izpildīju trīs izaicinājumus, kurus biju akreditējusi, iegāju izmisuma grotā, nāvējošākajā, bīstamākajā grotā pasaulē. Tajā iekšā esmu pārspējis lielus izaicinājumus, beidzot nokļūt sēžu zālē. Tieši tajā ekstāzes

PERVERSĀS MĀSAS

brīdī notika brīnums, es caur savām vīzijām kļuvu par ekstrasensu, viszinoši būtni. Līdz šim ir bijuši vēl divdesmit piedzīvojumi, un es tik drīz neapstāšos. Pateicoties lasītājiem, pakāpeniski es sasniedzu savu mērķi iekarot pasauli .

"Aizraujoši. Es esmu jūsu fans. (Amelinha).

"Aizkustinoši. Es zinu, kā jums ir jājūtas, veicot šo uzdevumu vēlreiz. (Belinha).

"Lieliski. Es jūtu labu lietu sajaukumu, ieskaitot panākumus, ticību, naglu un optimismu. Tas man dod labu enerģiju, teica ekstrasenss.

"Labi. Kādu padomu jūs mums dodat?

"Saglabāsim fokusu. Vai esat gatavs uzzināt sev labāku? (kapteinis).

"Jā. Viņi piekrita abiem.

"Tad sekojiet man.

Trio ir atsācis uzņēmējdarbību. Saule sasilda, vējš pūš nedaudz spēcīgāk, putni lido prom un dzied, akmeņi un ērkšķi, šķiet, pārvietojas, zeme satricina un kalnu balsis sāk darboties. Tā ir vide, kas atrodas zāģa kāpumā.

Ar lielu pieredzi vīrietis alā visu laiku palīdz sievietēm. Šādi rīkojoties, viņš ieviesa praktiskus tikumus, kas ir svarīgi kā solidaritāte un sadarbība. Savukārt viņi aizdeva viņam cilvēcisku siltumu un nevienlīdzīgu centību. Varētu teikt, ka tas bija tas nepārvaramais, neapturamais, kompetentais trio.

Pamazām viņi soli pa solim iet uz augšu laimes soļiem. Neskatoties uz ievērojamo sasniegumu, viņi joprojām ir nenogurstoši savos meklējumos. Turpinājumā viņi nedaudz palēnina pastaigas tempu, bet saglabā to stabili. Kā saka, lēnām iet tālu. Šī noteiktība viņus pavada visu laiku, radot garīgu pacientu spektru, piesardzību, iecietību un pārvarēšanu. Izmantojot šos elementus, viņiem bija ticība, lai pārvarētu visas likstas.

Nākamais punkts, svētais akmens, noslēdz trešdaļu kursa. Ir īss pārtraukums, un viņiem tas patīk, lai lūgtu, pateiktos, pārdomātu un plānotu nākamos soļus. Pareizajā mērā viņi centās apmierināt savas cerības, bailes, sāpes, spīdzināšanu un bēdas. Jo, ja viņiem ir ticība, neizdzēšams miers piepilda viņu sirdis.

Līdz ar ceļojuma atsākņēšanu, nenoteiktība, šaubas un negaidītā spēks atgriežas, lai rīkotos. Lai gan tas varētu viņus biedēt, viņi nesa drošību, esot Dieva klātbūtnē un mazajā iekšzemē. Nekas vai kāds nevarētu viņiem kaitēt tikai tāpēc, ka Dievs to nepieļautu. Viņi saprata šo aizsardzību katrā grūtā dzīves brīdī, kad citi viņus vienkārši pameta. Dievs patiesībā ir mūsu vienīgais uzticīgais draugs.

Turklāt tie ir puse no ceļa. Kāpiens joprojām tiek veikts ar lielāku centību un noskaņojumu. Pretēji tam, kas parasti notiek ar parastajiem alpīnistiem, ritms palīdz motivācijai, gribai un piegādei. Lai gan viņi nebija sportisti, tas bija ievērojams viņu sniegums, jo viņi bija veseli un apņēmīgi jauni.

Pēc trīs ceturtdaļu maršruta pabeigšanas cerības sasniedz nepanesamu līmeni. Cik ilgi viņiem būtu jāgaida? Šajā spiediena brīdī labākais, ko darīt, bija mēģināt kontrolēt ziņkārības impulsu. Viss uzmanīgs tagad bija saistīts ar pretējo spēku rīcību.

Ar nedaudz vairāk laika viņi beidzot pabeidz maršrutu. Saule spīd spožāk, Dieva gaisma viņus apgaismo un iznāk no takas, aizbildnis un viņa dēls Renato. Viss bija pilnībā atdzimis šo jauko mazo sirdī. Viņi bija pelnījuši šo žēlastību par to, ka bija tik smagi strādājuši. Nākamais psihiskā soļa solis ir ieskriet ciešā apskāvienā ar saviem labdariem. Viņa kolēģi seko viņam un liek kvintetam apskauties.

- Labi tevi redzēt, Dieva dēls! Es tevi sen neesmu redzējis! Mans mātes instinkts mani brīdināja par jūsu pieeju, sacīja senču dāma.

"Esmu priecīga! Tas ir tā, it kā es atcerētos savu pirmo piedzīvojumu. Emociju bija tik daudz. Kalns, izaicinājumi, ala un ceļojums laikā ir iezīmējuši manu stāstu. Atgriežoties šeit, man ir labas atmiņas. Tagad es ņemu līdzi divus draudzīgus karavīrus. Viņiem bija nepieciešama šī tikšanās ar svēto.

"Kā tevi sauc, dāmas? Jautāja Kalna sargs.

"Mani sauc Belinha, un es esmu revidents.

"Mani sauc Amelinha, un es esmu skolotāja. Mēs dzīvojam Arcoverde.

"Sveicināti, dāmas. (Kalna sargs.).

"Mēs esam pateicīgi! Abi apmeklētāji teica kopā ar asarām, kas ritēja caur acīm.

"Man patīk arī jaunas draudzības. Atrašanās blakus savam meistaram man atkal sagādā īpašu baudu no neizsakāmajiem. Vienīgie cilvēki, kas zina, kā to saprast, esam mēs abi. Vai tas nav pareizi, partneris? (Renato).

"Tu nekad nemainies, Renato! Jūsu vārdi ir nenovērtējami. Ar visu savu neprātu viņa atrašana bija viena no mana likteņa labajām lietām.

Mans draugs un mans brālis atbildēja ekstrasensam, neaprēķinot vārdus. Viņi iznāca dabiski par patieso sajūtu, kas viņu baroja.

"Mēs esam sarakstījušies vienā un tajā pašā mērā. Tāpēc mūsu stāsts ir veiksmīgs, sacīja jaunietis.

"Cik jauki būt šajā stāstā. Man nebija ne jausmas, cik īpašs kalns ir savā trajektorijā, mīļā rakstniece, sacīja Amelinha.

"Viņš ir tiešām apbrīnojams, māsa. Turklāt jūsu draugi ir patiesi jauki. Mēs dzīvojam īstajā fikcijā, un tas ir pats brīnišķīgākais, kas tur ir. (Belinha).

"Mēs novērtējam komplimentu. Tomēr jums ir jābūt nogurušām no piepūles, kas tiek ieguldīta kāpšanā. Kā būtu, ja mēs dotos mājās? Mums vienmēr ir ko piedāvāt. (Kundze).

"Mēs esam izmantojuši iespēju ķerties pie mūsu sarunām. Man tik ļoti pietrūkst Renato.

"Es domāju, ka tas ir lieliski. Kas attiecas uz dāmām, ko jūs sakāt?

"Man patiks. (Belinha).

"Mēs to darīsim!

"Tad lai mēs ejam! Ir pabeidzis meistaru.

Kvintets sāk staigāt tādā secībā, kādu dod šī fantastiskā figūra. Tūlīt auksts trieciens caur klases nogurušajiem skeletiem. Kas bija šī sieviete un kādas spējas viņai bija? Neskatoties uz tik daudziem mirkļiem kopā, noslēpums palika aizslēgts kā durvis uz septiņām atslēgām. Viņi nekad neuzzinātu, jo tā bija daļa no kalna noslēpuma. Vienlaikus viņu sirdis palika miglā. Viņi bija noguruši no mīlestības ziedošanas un atkal nesaņēma, nepiedeva un nepievīla. Jebkurā gadījumā vai nu viņi pierada pie dzīves realitātes, vai arī viņi daudz ciestu. Tāpēc viņiem bija vajadzīgs padoms.

Soli pa solim viņi pārvarēs šķēršļus. Uzreiz viņi dzird satraucošu kliedzienu. Ar vienu skatienu priekšnieks viņus

PERVERSĀS MĀSAS

nomierina. Tāda bija hierarhijas izjūta, kamēr spēcīgākie un pieredzējušajiem aizsargāja, kalpi atgriezās ar centību, pielūgsmi un draudzību. Tā bija divīzijas situācija.

Diemžēl viņi lieliski un maigi pārvaldīs pastaigu. Kāda ideja bija izgājusi caur Belinha galvu? Viņi atradās krūma vidū, ko bija nomocījuši nejauki dzīvnieki, kas varēja viņus ievainot. Izņemot to, ka uz kājām bija ērkšķi un smaili akmeņi. Tā kā katrai situācijai ir savs viedoklis, būt tur bija vienīgā iespēja izprast sevi un savas vēlmes, kaut kas deficīts apmeklētāju dzīvē. Drīz vien tas bija piedzīvojuma vērts.

Tālāk pusceļā viņi apstāsies. Turpat netālu atradās augļu dārzs. Viņi dodas uz debesīm. Atsaucoties uz Bībeles stāstu, viņi jutās pilnīgi brīvi un integrēti dabā. Tāpat kā bērni, viņi spēlē kāpšanas kokus, viņi ņem augļus, viņi nāk uz leju un ēd tos. Tad viņi meditē. Viņi mācījās, tiklīdz dzīvi veido mirkļi. Neatkarīgi no tā, vai viņi ir skumji vai laimīgi, ir labi tos izbaudīt, kamēr mēs esam dzīvi.

Pēcāk viņi atspirdzinoši peldas ezerā. Šis fakts izraisa labas atmiņas par kādreizējo, par ievērojamāko pieredzi viņu dzīvē. Cik jauki bija būt bērnam! Cik grūti bija izaugt un saskarties ar pieaugušo dzīvi. Dzīvojiet ar cilvēku nepatieso, melu un viltus morāli.

Virzoties tālāk, viņi tuvojas liktenim. Pa labi uz takas jau var redzēt vienkāršo kapliču. Tā bija kalna brīnišķīgāko, noslēpumaināko cilvēku svētnīca. Viņi bija brīnišķīgi, kas pierāda, ka cilvēka vērtība nav tajā, kas tam piemīt. Dvēseles cēlums ir raksturā, žēlsirdībā un padom došana. Tātad, teiciens iet: draugs laukumā ir labāks par naudu, kas noguldīta bankā.

Dažus soļus uz priekšu viņi apstājas salona ieejas priekšā. Vai viņi saņems atbildes uz jūsu iekšējiem jautājumiem? Tikai laiks varēja atbildēt uz šo un citiem jautājumiem. Svarīgi bija tas, ka viņi tur bija, lai kas nāktu un ietu.

Uzņemoties saimnieces lomu, aizbildnis atver durvis, dodot visiem pārējiem piekļuvi mājas iekšpusei. Viņi ieiet tukšajā kabīnē, plaši novērojot visu. Viņi ir pārsteigti par vietas delikatesi, ko pārstāv rotājumi, priekšmeti, mēbeles un noslēpuma klimats. Pretrunīgi, ka bija vairāk bagātību un kultūras daudzveidības nekā daudzās pilīs. Tātad, mēs varam justies laimīgi un pilnīgi pat pazemīgā vidē.

Pa vienam jūs apmetīsities pieejamajās vietās, izņemot Renato došanos uz virtuvi, lai pagatavotu pusdienas. Sākotnējais kautrības klimats ir salauzts.

"Es gribētu jūs labāk pazīt, meitenes.

"Mēs esam divas meitenes no Arcoverde pilsēta. Mēs esam laimīgi profesionāli, bet zaudētāji mīlestībā. Kopš mani nodeva mans vecais partneris, es esmu neapmierināts, atzina Belinha.

"Tieši tad mēs nolēmām atgriezties pie vīriešiem. Mēs noslēdzām derība, lai viņus pievilinātu un izmantotu kā objektu. Mēs nekad vairs neciertīsim, sacīja Amelinha.

"Es viņus pilnībā atbalstu. Es viņus satiku pūlī, un tagad viņiem ir radusies iespēja šeit apciemot. (Dieva Dēls)

"Interesanti. Tā ir dabiska reakcija uz vilšanās ciešanām. Tomēr tas nav labākais veids, kā sekot. Veselas sugas vērtēšana pēc cilvēka attieksmes ir skaidra kļūda. Katram ir sava individualitāte. Šī jūsu svētā un bezkaunīgā seja var radīt vairāk konfliktu un baudas. Jūsu ziņā ir atrast pareizo šī stāsta punktu.

Tas, ko es varu darīt, ir atbalstīt, kā to darīja jūsu draugs, un kļūt par aksesuāru šim stāstam, analizējot kalna svēto garu.

"Es to atļaušu. Es gribu atrasties šajā svētnīcā. (Amelinha).

"Es pieņemu arī jūsu draudzību. Kurš zināja, ka es būšu fantastiskā ziepju operā? Mīts par alu un kalnu šķiet tāds tagad. Vai es varu izteikt vēlmi? (Belinha).

"Protams, dārgais.

"Kalnu vienības var sadzirdēt pazemīgo sapņotāju lūgumus, kā tas ir noticis ar mani. Ticiet! (Dieva dēls).

"Es esmu tik neticīgs. Bet, ja jūs tā teiksiet, es centīšos. Es lūdzu veiksmīgu noslēgumu mums visiem. Ļaujiet katram no jums piepildīties galvenajās dzīves jomās.

"Es to piešķiru! Pērkons dziļā balsī istabas vidū.

Abi kurši ir veikuši lēcienu zemē. Tikmēr pārējie smējās un raudāja par abu reakciju. Šis fakts vairāk bija likteņa akts. Kāds pārsteigums. Nebija neviena, kas būtu varējis paredzēt, kas notiek kalna virsotnē. Tā kā notikuma vietā bija miris slavens indietis, realitātes sajūta bija atstājusi vietu pārdabiskajam, noslēpumainajam un neparastajam.

"Kas pie velna bija tas pērkons? Es tik tālu kratos, atzinās Amelinha.

"Es dzirdēju, ko balss teica. Viņa apstiprināja manu vēlmi. Vai es sapņoju? Jautāja Belinha.

"Brīnumi notiek! Ar laiku jūs precīzi zināt, ko nozīmē to pateikt, sacīja kapteinis.

"Es ticu kalnam, un arī tam ir jātic. Pateicoties viņas brīnumam, es palieku šeit pārliecināts un drošs par saviem lēmumiem. Ja vienreiz mums neizdosies, mēs varam sākt no jauna.

Dzīvajiem vienmēr ir cerība, - apliecināja ekstrasensa šamanis, kas rāda signālu uz jumta.

"Gaisma. Ko tas nozīmē? (Belinha).

"Tas ir tik skaisti un gaiši. (Amelinha).

"Tā ir mūsu mūžīgās draudzības gaisma. Lai gan viņa fiziski pazūd, viņa paliks neskarta mūsu sirdīs. (Aizbildnis

"Mēs visi esam viegli, kaut arī izcili. Mūsu liktenis ir laime. (Ekstrasenss).

Šeit ienāk Renato un izsaka priekšlikumu.

"Ir pienācis laiks, kad mēs izgājām ārā un atradām dažus draugus. Ir pienācis laiks jautrībai.

"Es to gaidu ar nepacietību. (Belinha)

"Ko mēs gaidām? Ir pienācis laiks. (KLIEDZIENI)

Kvartets iziet mežā. Soļu temps ir ātrs, kas atklāj varoņu iekšējās sāpes. Mimoso lauku vide veicināja dabas vērošanu. Ar kādiem izaicinājumiem jūs saskartos? Vai niknie dzīvnieki būtu bīstami? Kalnu mīti varēja uzbrukt jebkurā laikā, kas bija diezgan bīstami. Bet drosme bija kvalitāte, ko visi tur nesa. Nekas neapturēs viņu laimi.

Ir pienācis laiks. Aktīvu komandā bija melnādains vīrietis Renato un gaišmatains cilvēks. Pasīvajā komandā bija Dievišķais, Belinha un Amelinha. Kad komanda ir izveidota, jautrība sākas starp pelēkzaļajiem no lauku mežiem.

Melnais puisis satiekas ar Dievišķo. Renato randiņi Amelinha un blondais vīrietis satiekas ar Belinha. Grupveida sekss sākas ar enerģijas apmaiņu starp sešiem. Viņi visi bija par vienu. Slāpes pēc seksa un baudas bija kopīgas visiem. Mainot pozīcijas, katrs piedzīvo unikālas sajūtas. Viņi izmēģina anālo seksu, maksts seksu, orālo seksu, grupveida seksu starp citām seksa modalitātēm. Tas pierāda, ka mīlestība nav grēks. Tā ir fundamentālas enerģijas tirdzniecība cilvēka evolūcijai. Bez vainas viņi ātri apmainās ar partneri, kas nodrošina vairākus orgasmus. Tas ir ekstāzi maisījums, kas ietver grupu. Viņi pavada stundas, nodarbojoties ar seksu, līdz viņi ir noguruši.

Pēc tam, kad viss ir pabeigts, viņi atgriežas savās sākotnējās pozīcijās. Kalnā vēl bija daudz ko atklāt.

Ekskursija pilsētā Pesqueira

Pirmdienas rīts skaistāks nekā jebkad agrāk. Agri no rīta mūsu draugi gūst prieku sajust saules siltumu un vēsmas, kas klīst viņu sejās. Šie kontrasti fiziskajā aspektā radīja labu brīvības, apmierinājuma, gandarījuma un prieka sajūtu. Viņi bija gatavi, piemēram, stāties pretī jaunai dienai.

Otrajā domā viņi koncentrē savus spēkus, kas beidzas ar viņu pacelšanu. Nākamais solis ir doties uz apartamentiem un darīt to ar ārkārtīgu nomākumu, it kā viņi būtu no Bahia štata. Protams, lai nesāpinātu mūsu dārgos kaimiņus. Visu svēto zeme ir iespaidīga vieta, kas pilna ar kultūru , vēsturi un laicīgām tradīcijām. Lai dzīvo Bahia!

Vannas istabā viņi novelk drēbes ar dīvainu sajūtu, ka viņi nav vieni. Kurš kādreiz ir dzirdējis par blondās vannas istabas leģendu? Pēc šausmu filmu maratona bija normāli ar to iekulties. Pēc tam viņi pamāja ar galvu, cenšoties būt klusāki. Pēkšņi katram no viņiem nāk prātā viņu politiskā trajektorija, viņu pilsoņu puse, viņu profesionālā, reliģiskā puse un viņu seksuālais aspekts. Viņi jūtas labi par to, ka ir nepilnīgas ierīces.

Viņi bija pārliecināti, ka īpašības un defekti papildina viņu personību.

Viņi aizslēdzas vannas istabā. Atverot dušu, viņi ļāva karstajam ūdenim plūst caur sasvīdušajiem ķermeņiem iepriekšējās nakts karstuma dēļ. Šķidrums kalpo kā katalizators, kas absorbē visas skumjās lietas. Tas ir tieši tas, kas viņiem tagad bija vajadzīgs: aizmirstiet sāpes, traumas, vilšanos, nemieru, mēģinot atrast jaunas cerības. kārtējais gads tajā bija izšķirošs. Fantastisks pavērsiens visos dzīves aspektos.

Tīrīšanas process tiek uzsākts, izmantojot ķermeņa tīrītāju, ziepes, stampo ārpus ūdens. Pašlaik viņi izjūt vienu no labākajiem priekiem, kas liek viņiem atcerēties pāreju uz rifu un piedzīvojumus pludmalē. Intuitīvi viņu mežonīgais gars lūdz vairāk piedzīvojumu tajā, ko viņi paliek, lai analizētu, cik drīz vien iespējams. Situāciju labvēlīgi ietekmēja brīvais laiks, kas paveikts abu darbā kā balva par centību valsts dienestā.

Apmēram 20 minūtes viņi nedaudz nolika malā savus mērķus, lai izdzīvotu atstarojošu brīdi savā tuvībā. Šīs aktivitātes beigās viņi iznāk no tualetes, noslauka mitru ķermeni ar dvieli, valkā tīras drēbes un apavus, valkā Šveices smaržas, importēja grimu no Vācijas ar patiesi jaukām saulesbrillēm Pilnīgi gatavi, viņi pāriet uz kausu ar makiem uz sloksnes un sveic sevi laimīgus ar atkal apvienošanos, pateicoties labajam Kungam.

Sadarbībā viņi gatavo skaudības, vistas mērces, dārzeņu, augļu, kafijas krējuma un kvēkeru brokastis. Vienādās daļās pārtika ir sadalīta. Viņi mijas ar klusuma brīžiem ar īsu vārdu apmaiņu, jo bija pieklājīgi. Gatavas brokastis, nav palikusi bēgšana, kā bija iecerēts.

"Ko tu iesaki, Belinha? Man ir garlaicīgi!

"Man ir gudra ideja. Vai atceries to puisi, kuru atradām pūlī?

"Es atceros. Viņš bija rakstnieks, un viņa vārds bija Dievišķais.

"Man ir viņa telefona numurs. Kā būtu, ja mēs sazinātos? Es gribētu zināt, kur viņš dzīvo.

"Es arī. Lieliska ideja. Dari tā. Es labprāt to darītu.

"Viss kārtībā!

Belinha atvēra maku, paņēma telefonu un sāka zvanīt. Pēc dažiem mirkļiem kāds atbild uz līniju, un saruna sākas.

"Labdien.

"Sveiks, Dievišķais, kā tev klājas?

"Labi, Belinha. Kā sokas?

"Mums klājas labi. Paskatieties, vai šis uzaicinājums joprojām ir spēkā? Es un mana māsa vēlētos, lai šovakar būtu īpašs šovs.

"Protams, es to daru. Jūs to nenožēlosiet. Šeit mums ir zāģi, bagātīga daba, svaigs gaiss ārpus lieliskas kompānijas. Arī šodien esmu pieejams.

"Cik brīnišķīgi! Tad gaidiet mūs pie ciema ieejas. Ne vairāk kā 30 minūšu laikā esam tur.

"Viss kārtībā! Tātad, līdz tam!

"Tiekamies vēlāk!

Zvans beidzas. Ar stirkšķi apzīmogotu, Belinha atgriežas, lai sazinātos ar māsu.

"Viņš teica, ka jā. Vai mēs iesim?

"Nāciet! Ko mēs gaidām?

Abi parādē no krūzes līdz mājas izejai, aizverot aiz sevis

durvis ar atslēgu. Tad dodieties uz garāžu. Oficiālās ģimenes automašīnas pilotēšana, atstājot savas problēmas, gaidot jaunus pārsteigumus un emocijas pasaules svarīgākajā zemē. Cauri pilsētai, ar ieslēgtu skaļu skaņu, saglabāja savu mazo cerību uz sevi. Tajā brīdī tas bija visa vērts, līdz es domāju par iespēju būt laimīgai mūžīgi.

Ar īsu laiku viņi ieņem šosejas BR 232 labo pusi. Tātad, sāciet kursa gaitu uz sasniegumiem un laimi. Ar mērenu ātrumu viņi var baudīt kalnu ainavu trases krastos. Lai gan tā bija zināma vide, katrs fragments tur bija vairāk nekā jaunums. Tas bija no jauna atklāts es.

Šķērsojot vietas, saimniecības, ciematus, zilus mākoņus, pelnus un rozes, sausu gaisu un karstu temperatūru. Ieprogrammētajā laikā viņi nonāk pie vēsturisks Pernambuco štata interjera ieejas. Pulkvežu, psihiskās, Bezvainīgās ieņemšanas un cilvēku ar augstām intelektuālajām spējām Mimoso.

Kad jūs apstājāties pie rajona ieejas, jūs gaidījāt savu dārgo draugu ar tādu pašu smaidu kā vienmēr. Laba zīme tiem, kas meklēja piedzīvojumus. Izkāpiet no automašīnas, dodieties satikt cēlu kolēģi, kurš viņus saņem ar apskāvienu, kas kļūst trīskāršs. Šķiet, ka šis mirklis nebeidzas. Tie jau tiek atkārtoti, viņi sāk mainīt pirmos iespaidus.

" Kā tev klājas, Dievišķais? (Belinha)

"Nu, kā ir ar tevi? (Ekstrasenss)

"Lieliski! (Belinha)

"Labāk nekā jebkad agrāk "(Amelinha)

"Man ir lieliska ideja, kā būtu, ja mēs dotos augšup pa Ororubá kalnu? Tieši tur tieši pirms astoņiem gadiem sākās mana trajektorija literatūrā.

"Kāds skaistums! Tas būs gods! (Amelinha)
"Arī man! Es mīlu dabu! (Belinha)
"Tātad, iesim tagad! (Aldivan)

Parakstoties, lai sekotu viņam, abu māsu noslēpumainais draugs devās uz centra ielām. Pa labi, ieejot privātā vietā un ejot apmēram simts metrus, tie tiek ievietoti zāģa apakšā. Viņi ātri apstājas, lai atpūstos un mitrinātu. Kā bija kāpt kalnā pēc visiem šiem piedzīvojumiem? Sajūta bija miers, kolekcionēšana, šaubas un vilcināšanās. Tā bija pirmā reize ar visiem likteņa radītajiem izaicinājumiem. Pēkšņi draugi ar smaidu saskaras ar lielisko rakstnieku.

"Kā tas viss sākās? Ko tas jums nozīmē? (Belinha)
"2009. gadā mana dzīve grozījās vienmuļībā. Tas, kas mani turēja pie dzīvības, bija griba ārēji to, ko es jutu pasaulē. Tieši tad es dzirdēju par šo kalnu un viņa brīnišķīgās alas spēkiem. Nav izejas, es nolēmu izmantot iespēju sava sapņa vārdā. Es sakravāju somu, kāpu kalnā, izpildīju trīs izaicinājumus, kurus biju saņēmis izmisuma grotā, kas ir nāvējošākā, bīstamākā grota pasaulē. Tajā iekšā esmu pārspējis lielus izaicinājumus, beidzot nokļūt sēžu zālē. Tieši tajā ekstāzes brīdī notika brīnums, es caur savām vīzijām kļuvu par ekstrasensu, viszinoši būtni. Līdz šim ir bijuši vēl divdesmit piedzīvojumi, un es neplānoju tik drīz apstāties. Ar lasītāju palīdzību pamazām es gūstu savu mērķi iekarot pasauli. (Dieva dēls)

"Aizraujoši! Es esmu jūsu fans. (Amelinha)

- Es zinu, kā jums jājūtas, veicot šo uzdevumu vēlreiz. (Belinha)

"Ļoti labi! Es jūtu labu lietu sajaukumu, ieskaitot

panākumus, ticību, naglu un optimismu. Tas man dod labu enerģiju. (Ekstrasenss)

"Labi! Kādu padomu jūs mums dodat? (Belinha)

"Saglabāsim fokusu. Vai esat gatavs uzzināt sev labāku? (kapteinis)

"Jā! Viņi piekrita abiem.

"Tad seko man!

Trio ir atsācis uzņēmējdarbību. Saule sasilda, vējš pūš nedaudz spēcīgāk, putni lido prom un dzied, akmeņi un ērkšķi, šķiet, pārvietojas, zeme satricina un kalnu balsis sāk darboties. Tā ir vide, kas atrodas zāģa kāpumā.

Ar lielu pieredzi vīrietis alā visu laiku palīdz sievietēm. Šādi rīkojoties, viņš ieviesa praktiskus tikumus, kas ir svarīgi kā solidaritāte un sadarbība. Pretī viņi aizdeva viņam cilvēcisku siltumu un nevienlīdzīgu centību. Varētu teikt, ka tas bija tas nepārvaramais, neapturamais, kompetentais trio.

Pamazām viņi soli pa solim iet uz augšu laimes soļiem. Ar centību un neatlaidību viņi apsteidz augstāko koks, pabeidz ceturto daļu no ceļa. Neskatoties uz ievērojamo sasniegumu, viņi joprojām ir nenogurstoši savos meklējumos. Viņi bija tāpēc, ka apsveicu.

Turpinājumā nedaudz palēniniet gājiena tempu, bet saglabājot to stabili. Kā saka, lēnām iet tālu. Šī noteiktība viņus pavada visu laiku, radot garīgu pacietības, piesardzības, iecietības un pārvarēšanas spektru. Izmantojot šos elementus, viņiem bija ticība, lai pārvarētu visas likstas.

Nākamais punkts, svētais akmens noslēdz trešdaļu no kursa. Ir īss pārtraukums, un viņiem tas patīk, lai lūgtu, pateiktos, pārdomātu un plānotu nākamos soļus. Pareizajā mērā viņi centās apmierināt savas cerības, bailes, sāpes, spīdzināšanu un bēdas. Jo, ja viņiem ir ticība, neizdzēšams miers piepilda viņu sirdis.

Līdz ar ceļojuma atsāknēšanu, nenoteiktība, šaubas un negaidītā spēks atgriežas, lai rīkotos. Lai gan tas varētu viņus biedēt, viņi nesa drošību, atrodoties Dieviņa klātbūtnē. Nekas vai kāds nevarētu viņiem kaitēt tikai tāpēc, ka Dievs to nepieļautu. Viņi saprata šo aizsardzību katrā grūtā dzīves brīdī, kad citi viņus vienkārši pameta. Dievs patiesībā ir mūsu vienīgais patiesais un uzticīgais draugs.

Turklāt tie ir puse no ceļa. Kāpiens joprojām tiek veikts ar lielāku centību un noskaņojumu. Pretēji tam, kas parasti notiek ar parastajiem alpīnistiem, ritms palīdz motivācijai, gribai un piegādei. Lai gan viņi nebija sportisti, tas bija ievērojams viņu sniegums, jo viņi bija veseli un apņēmīgi jauni.

Sākot ar trešā ceturkšņa kursu, cerības nonāk nepanesamā līmenī. Cik ilgi viņiem būtu jāgaida? Šajā spiediena brīdī labākais, ko darīt, bija mēģināt kontrolēt ziņkārības impulsu. Viss uzmanīgs tagad bija saistīts ar pretējo spēku rīcību.

Ar nedaudz vairāk laika viņi beidzot pabeidz kursu. Saule spīd spožāk, Dieva gaisma viņus apgaismo un iznāk no takas, aizbildnis un viņa dēls Renato. Viss bija pilnībā atdzimis šo jauko mazo sirdī. Viņi ir nopelnījuši šo žēlastību ar kultūraugu likumu. Nākamais psihiskā soļa solis ir ieskriet ciešā apskāvienā ar saviem labdariem. Viņa kolēģi seko viņam un liek kvintetam apskautiesj.

"Labi tevi redzēt, Dieva dēls! Sen nav redzēts! Mans mātes instinkts mani brīdināja par jūsu pieeju, senču dāma.

Es priecājos! Tas ir tā, it kā es atcerētos savu pirmo

piedzīvojumu. Emociju bija tik daudz. Kalns, izaicinājumi, ala un ceļojums laikā ir iezīmējuši manu stāstu. Atgriežoties šeit, man ir labas atmiņas. Tagad es ņemu līdzi divus draudzīgus karavīrus. Viņiem bija nepieciešama šī tikšanās ar svēto.

"Kā tevi sauc, dāmas? (Turētājs)

"Mani sauc Belinha, un es esmu revidents.

"Mani sauc Amelinha, un es esmu skolotāja. Mēs dzīvojam Arcoverde.

"Sveicināti, dāmas. (Turētājs)

"Mēs esam pateicīgi! sacīja abi apmeklētāji ar asarām acīs.

"Man patīk arī jaunas draudzības. Atrašanās blakus savam meistaram man atkal sagādā īpašu baudu no neizsakāmajiem. Tikai cilvēki, kas zina, kā to saprast, esam mēs abi. Vai tas nav pareizi, partneris? (Renato)

"Tu nekad nemainies, Renato! Jūsu vārdi ir nenovērtējami. Ar visu savu neprātu viņa atrašana bija viena no mana likteņa labajām lietām. Mans draugs un mans brālis. (Ekstrasenss).

Viņi iznāca dabiski par patieso sajūtu, kas viņu baroja.

"Mēs esam samēroti tādā pašā mērā. Tāpēc mūsu stāsts ir veiksmīgs, "sacīja jaunietis.

"Ir labi būt daļai no šī stāsta. Es pat nezināju, cik īpašs kalns ir savā trajektorijā, dārgais rakstnieks "Amelinha teica.

"Viņš tiešām ir apbrīnojams, māsa. Turklāt jūsu draugi ir ļoti draudzīgi. Mēs dzīvojam īstu fikciju, un tas ir pats brīnišķīgākais, kas pastāv. (Belinha)

"Mēs pateicamies par komplimentu. Neskatoties uz to, viņiem jābūt nogurušiem no kāpšanā pieliktajām pūlēm. Kā būtu, ja mēs dotos mājās? Mums vienmēr ir ko piedāvāt. (Kundze)

"Mēs izmantojām iespēju ķerties pie sarunām. Man tevis ļoti pietrūkst," Renato atzinās.

"Ar mani viss ir kārtībā. Tas ir lieliski , tāpat kā dāmām, ko viņas man saka?

"Man patiks! " Belinha apgalvoja.

" Jā, ejam, "Amelinha piekrita.

"Tātad, ejam! " Meistars secināja.

Kvintets sāk staigāt tādā secībā, ko dod šī fantastiskā figūra. Šobrīd auksts sitiens pa klases nogurušajiem skeletiem. Kas bija tā sieviete, kas viņa bija, kam bija vara? Neskatoties uz tik daudziem mirkļiem kopā, noslēpums palika aizslēgts kā durvis uz septiņām atslēgām. Viņi nekad neuzzinātu, jo tā bija daļa no kalna noslēpuma. Vienlaikus viņu sirdis palika miglā. Viņi bija noguruši no mīlestības ziedošanas un atkal nesaņēma, nepiedeva un nepievīla. Jebkurā gadījumā vai nu viņi pierada pie dzīves realitātes, vai arī viņi daudz ciestu. Tāpēc viņiem bija vajadzīgs padoms.

Soli pa solim jūs gatavojaties pārvarēt šķēršļus. Vienā brīdī viņi dzird satraucošu kliedzienu. Ar vienu skatienu priekšnieks viņus nomierina. Tāda bija hierarhijas izjūta, kamēr spēcīgākie un pieredzējušajiem aizsargājās, kalpi atgriezās ar centību, pielūgsmi un draudzību. Tā bija divīzijas situācija.

Diemžēl viņi lieliski un maigi pārvaldīs pastaigu. Kāda bija ideja, kas bija izgājusi caur Belinha galvu? Viņi atradās krūma vidū, ko bija nomocījuši nejauki dzīvnieki, kas varēja viņus ievainot. Izņemot to, ka uz kājām bija ērkšķi un smaili akmeņi. Tā kā katrai situācijai ir savs viedoklis, būt tur bija vienīgā iespēja, ka tu vari saprast sevi un savas vēlmes, kaut kas deficīts apmeklētāju dzīvē. Drīz vien tas bija piedzīvojuma vērts.

Tālāk pusceļā viņi apstāsies. Turpat netālu atradās augļu dārzs. Viņi dodas uz debesīm. Atsaucoties uz Bībeles stāstu, viņi jutās komplementāri brīvi un integrēti dabā. Tāpat kā bērni, viņi spēlē kāpšanas kokus, viņi ņem augļus, viņi nāk uz leju un ēd tos. Tad viņi meditē. Viņi mācījās, tiklīdz dzīvi veido mirkļi. Neatkarīgi no tā, vai viņi ir skumji vai laimīgi, ir labi tos izbaudīt, kamēr mēs esam dzīvi.

Pēcāk viņi atspirdzinoši peldas ezerā. Šis fakts izraisa labas atmiņas par kādreizējo, par ievērojamāko pieredzi viņu dzīvē. Cik jauki bija būt bērnam! Cik grūti bija izaugt un saskarties ar pieaugušo dzīvi. Dzīvojiet ar cilvēku nepatieso, melu un viltus morāli.

Virzoties tālāk, viņi tuvojas liktenim. Pa labi uz takas jau var redzēt vienkāršo kapliču. Tā bija kalna brīnišķīgāko, noslēpumaināko cilvēku svētnīca. Viņi bija pārsteidzoši, kas pierāda, ka cilvēka vērtība nav tajā, kas tam piemīt. Dvēseles cēlums ir raksturā, labdarības un konsultēšanas attieksmē. Tāpēc viņi saka šādu teicienu: labāk draugs laukumā ir vērts nekā nauda, kas noguldīta bankā.

Dažus soļus uz priekšu viņi apstājas salona ieejas priekšā. Vai viņi saņēma atbildes uz saviem iekšējiem jautājumiem? Tikai laiks varēja atbildēt uz šo un citiem jautājumiem. Svarīgi bija tas, ka viņi tur bija, lai kas nāktu un ietu.

Uzņemoties saimnieces lomu, aizbildnis atver durvis, dodot visiem pārējiem piekļuvi mājas iekšpusei. Viņi ieiet unikālajā veltīgajā kabīnē, vērojot visu lielajā ierīcē. Viņi ir pārsteigti par vietas delikatesi, ko pārstāv rotājumi, priekšmeti, mēbeles un noslēpuma klimats. Tajā vieta bija vairāk bagātību un kultūras

PERVERSĀS MĀSAS

daudzveidības nekā daudzās pilīs. Tātad, mēs varam justies laimīgi un pilnīgi pat pazemīgā vidē.

Viens pēc otra jūs apmetīsities pieejamajās vietās, izņemot Renato virtuvi, pagatavosiet pusdienas. Sākotnējais kautrības klimats ir salauzts.

"Es gribētu jūs labāk iepazīt, meitenes . (Aizbildnis)

"Mēs esam divas meitenes no Arcoverde pilsēta. Abi apmetās profesijā, bet zaudētāji mīlestībā. Kopš mani nodeva mans vecais partneris, es esmu neapmierināts, atzina Belinha.

"Tieši tad mēs nolēmām atgriezties pie vīriešiem. Mēs noslēdzām derība, lai viņus pievilinātu un izmantotu kā objektu. Mēs nekad vairs necietīsim. (Amelinha)

"Es viņus visus atbalstīšu. Es viņus satiku pūlī, un tagad viņi ieradās pie mums šeit ciemos, un tas piespieda interjera asni.

"Interesanti. Tā ir dabiska reakcija uz ciešanām vilšanās. Tomēr tas nav labākais veids, kā sekot. Veselas sugas vērtēšana pēc cilvēka attieksmes ir skaidra kļūda. Katram ir sava individualitāte. Šī jūsu svētā un bezkaunīgā seja var radīt vairāk konfliktu un baudas. Jūsu ziņā ir atrast pareizo šī stāsta punktu. Tas, ko es varu darīt, ir atbalstīt, kā to darīja jūsu draugs, un kļūt par aksesuāru šim stāstam, analizējot kalna svēto garu.

"Es to atļaušu. Es gribu atrasties šajā svētnīcā. (Amelinha)

" 1 pieņemiet arī savu draudzību. Kurš zināja, ka es būšu fantastiskā ziepju operā? Mīts par alu un kalnu šķiet tāds tagad. Vai es varu izteikt vēlmi? (Belinha)

"Protams, dārgais.

"Kalnu vienības var sadzirdēt pazemīgo sapņotāju lūgumus, kā tas ir noticis ar mani. Ticiet! ir motivējis Dieva dēlu.

"Es esmu tik neticīgs. Bet, ja jūs tā teiksiet, es centīšos. Es lūdzu veiksmīgu noslēgumu mums visiem. Ļaujiet katram no jums piepildīties galvenajās dzīves jomās. (Belinha)

"Es to piešķiru!" Pērkons dziļa balss istabas vidū".

Abi kurši ir veikuši lēcienu zemē. Tikmēr pārējie smējās un raudāja par abu reakciju. Šis fakts vairāk bija likteņa akts. Kāds pārsteigums! Nebija neviena, kas būtu varējis paredzēt, kas notiek kalna virsotnē. Tā kā notikuma vietā bija miris slavens indietis, realitātes sajūta bija atstājusi vietu pārdabiskajam, noslēpumainajam un neparastajam.

"Kas pie velna bija tas pērkons? Es pagaidām kratos. (Amelinha)

"Es dzirdēju, ko balss teica. Viņa apstiprināja manu vēlmi. Vai es sapņoju? (Belinha)

"Brīnumi notiek! Laika gaitā jūs precīzi zināt, ko nozīmē to teikt . "Priecājās meistars".

"Es ticu kalnam, un arī tev ir jātic. Pateicoties viņas brīnumam, es palieku šeit pārliecināts un drošs par saviem lēmumiem. Ja vienreiz mums neizdosies, mēs varam sākt no jauna. Vienmēr ir cerība uz tiem, kas ir dzīvi. "Pārliecinājās, ka ekstrasensa šamanis rāda signālu uz jumta".

"Gaisma. Ko tas nozīmē? asarās, Belinha.

"Viņa ir tik skaista, gaiša un runājoša. (Amelinha)

"Tā ir mūsu mūžīgās draudzības gaisma. Lai gan viņa fiziski pazūd, viņa paliks neskarta mūsu sirdīs. (Aizbildnis)

"Mēs visi esam viegli, lai gan izcilā veidā. Mūsu liktenis ir laime- apstiprina ekstrasenss.

Šeit ienāk Renato un izsaka priekšlikumu.

"Ir pienācis laiks, kad mēs izgājām ārā un atradām dažus draugus. Ir pienācis laiks jautrībai.

"Es to gaidu ar nepacietību. (Belinha)
"Ko mēs gaidām? Ir pienācis laiks. (Amelinha)
Kvartets iziet mežā. Soļu temps ir ātrs, kas atklāj varoņu iekšējās sāpes. Mimoso lauku vide veicināja dabas vērošanu. Ar kādiem izaicinājumiem jūs saskartos? Vai niknie dzīvnieki būtu bīstami? Kalnu mīti varēja uzbrukt jebkurā laikā, kas bija diezgan bīstami. Bet drosme bija kvalitāte, ko visi tur nesa. Nekas neapturēs viņu laimi.

Ir pienācis laiks. Aktīvu komandā bija melnādains vīrietis Renato un gaišmatains cilvēks. Pasīvajā komandā bija Dievišķais, Belinha un Amelinha. Komanda izveidojās; jautrība sākas starp pelēkzaļajiem no lauku mežiem.

Melnais puisis satiekas ar Dievišķo. Renato randiņi Amelinha un blondīne randiņi Belinha. Grupveida sekss sākas ar enerģijas apmaiņu starp sešiem. Viņi visi bija par vienu. Slāpes pēc seksa un baudas bija kopīgas visiem. Mainīgas pozīcijas, katra piedzīvo unikālas sajūtas. Viņi izmēģina anālo seksu, maksts seksu, orālo seksu, grupveida seksu starp citām seksa modalitātēm. Tas pierāda, ka mīlestība nav grēks. Tā ir fundamentālas enerģijas tirdzniecība cilvēka evolūcijai. Bez vainas sajūtas viņi ātri apmainās ar partneri, kas nodrošina vairākus orgasmus. Tas ir ekstāzi maisījums, kas ietver grupu. Viņi pavada stundas, nodarbojoties ar seksu, līdz viņi ir noguruši.

Pēc tam, kad viss ir pabeigts, viņi atgriežas savās sākotnējās pozīcijās. Kalnā vēl bija daudz ko atklāt.

Beigas

www.ingramcontent.com/pod-product-compliance
Lightning Source LLC
LaVergne TN
LVHW020436080526
838202LV00055B/5224